古典《こてん》から生まれた新しい物語《ものがたり》✳こわい話

第二の子ども

日本児童文学者協会・編
浅賀行雄・絵

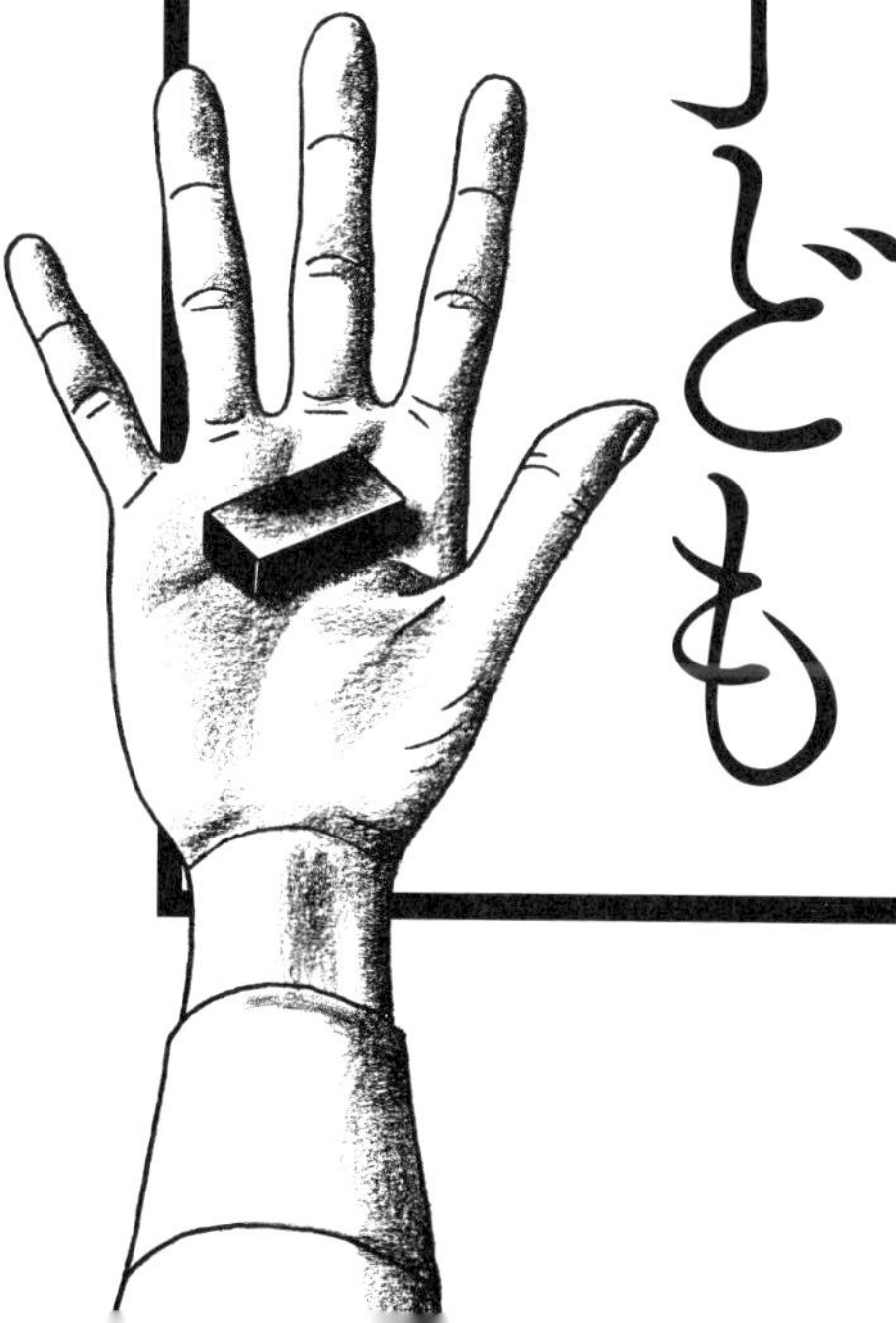

目次

W.Shakespeare
今昔物語集(四)

このシリーズについて

この本に収《おさ》められているお話は、四人の作家が古典作品《こてんさくひん》からインスピレーションを得《え》て創作《そうさく》したものです。「古典をヒントに新しくつくられたアンソロジー」といいかえてもよいでしょう。

それぞれの物語《ものがたり》の最後《さいご》に、作者《さくしゃ》からのメッセージがあります。ここで、作家はどの古典作品をとりあげて執筆《しっぴつ》したのかを明かしています。それらは時代《じだい》や国を問わず、また、文学作品だけでなく、民話《みんわ》や伝説《でんせつ》など幅広《はばひろ》いジャンルからえらばれています。だれもが知っている有名《ゆうめい》な作品もあれば、あまり聞いたことのないものもあるはずです。どんな古典なのか、予想《よそう》しながら読んでみるのもおもしろいでしょう。

また、巻末《かんまつ》には、古典にふれる案内《あんない》として、解説《かいせつ》と本の紹介《しょうかい》ものせました。作品を読んで、その物語が生まれるきっかけとなった古典に興味《きょうみ》をもった読者《どくしゃ》は、ぜひ、そちらのほうにも手をのばしてみてください。

編者／日本児童文学者協会
編集委員／津久井惠、藤真知子、宮川健郎、偕成社編集部

仙《せん》人《にん》さん

令丈《れいじょう》ヒロ子

その日、わたしはあせっていた。

塾《じゅく》の終《お》わったあとは、すぐに帰ってきなさいとお母さんにいわれているのに、ついついナナオちゃんと盛《も》りあがってしまって、気がついたら外が真《ま》っ暗《くら》になっていた。

今日は、お母さんのきげんが特《とく》に悪《わる》い。

お母さんは、お父さんが帰ってこないのに腹《はら》をたてているが、お父さんがたまに帰ってきたら、もっと怒《おこ》る。

きのう、お父さんがひさしぶりに帰ってきた。お母さんはお父さんの背中《せなか》を追《お》いかけるように、きつい口調《くちょう》でいろいろいっていた。お父さんは必要《ひつよう》なものをかばんにつめこむと、逃《に》げるように家を出ていった。

（おしゃべりしてておそくなった、なんていったら、めっちゃ怒られるよね……。怒られるのはしかたないけど、また泣《な》かれてもこまるし……）

わたしは思いきって、コンビニの横《よこ》の細い路地《ろじ》にとびこんだ。

この裏道《うらみち》は、「暗《くら》モール」――昔《むかし》ショッピングモールだった通りで、昼でも暗いからそう呼《よ》ばれていて、夜は特に暗い――につづく。

でも、暗《くら》モールを通りぬければ、大通りをまわって帰るより、五分以上《いじょう》早く家に帰れる。

塾《じゅく》の帰りに、いつも手をふってあいさつするコンビニの店長さんが、あれっという顔をして、横道《よこみち》を走っていくわたしを見ていた。

せまい路地《ろじ》を通りぬけたら、暗モールが真《ま》っ黒《くろ》い口を大きくひらいて、待《ま》ちかまえていた。

わたしはポケットの中のケータイを、ぎゅっとにぎりしめた。なにかあったら、ボタン一つでお母さんのケータイにつながる。

暗モールの中に、おそるおそる入った。真っ暗なのかと思ったら、奥《おく》の方がほのかに明るい。出口近くに一つ、常夜灯《じょうやとう》がついているみたいだ。

しまったシャッターがずらっとならび、空《あ》き箱《ばこ》やごみがころがっている。

（ホームレスの人がいるってうわさだったけど、よかった。だれもいないみたい）

わたしは、常夜灯めがけて走った。出口がどんどん近くなり、あと少し！　と思った、そのときだった。

ごん！　と、なにかがぶつかるようなにぶい音が聞こえた。

見ると、常夜灯《じょうやとう》の根《ね》もとに、おじいさんがたおれていた。枯《か》れ木《き》のようにやせた手足、白く長いあごひげ、そでのちぎれた黄ばんだ着物《きもの》。

（あ、仙人《せんにん》さんだ！）

わたしは思わず、立ちどまった。この近くでたまに見るホームレスのおじいさんで、仙人みたいなかっこうをしているから、この近所《きんじょ》の人たちはみんな「仙人さん」と呼《よ》んでいる。

（どうしよう。仙人さん、病気《びょうき》かなにかかかな？　おとなを呼んだ方がいいのかな）

迷《まよ》っていると、仙人さんは細く目をあけて、わたしに左右に首をふった。

同時に、かん高い笑《わら》い声《ごえ》が、暗《くら》モールの日よけがやぶれた天井《てんじょう》にひびいた。

「おい、仙人なら、なんかしてみせろよ」

そういって、たおれている仙人さんの頭を、黒いローファーをはいた足が、がん！　とけりとばした。仙人さんは吹《ふ》っ飛《と》んで、うつぶせに地面《じめん》につっぷした。

わたしは息《いき》をのんで、かたまってしまった。

「なんだよ。おまえも、ほかのじいさんたちと同じで、やられっぱなしだな。くだらねえ仙人《せんにん》だ」

そういいながら笑《わら》っている顔が、常夜灯《じょうやとう》の光の下にすっとあらわれた。わたしは、もう少しでさけびそうになった。

すっきりととがったあご、切れ長のきれいな目、長い足、それに香蘭《こうらん》高校のエンブレムの入ったブレザー。

(モ、モデルの誠也《せいや》くんだ!)

ナナオちゃんが大ファンで、よく誠也くんが専属《せんぞく》モデルをしている雑誌《ざっし》を見せてくれる。

誠也くんが、こっちを見た。目が合った。

誠也くんの目が、一瞬《いっしゅん》、おどろいたように大きくひらいたが、すうっと細くなった。

そして、薄《うす》いくちびるにうっすらと笑《え》みをうかべて、こういった。

「あれれ、見ちゃった?」

蛇《へび》みたいに、口がさけて見えた。逃《に》げなきゃと思うが、体が凍《こお》りついて動《うご》かない。

誠也《せいや》くんが、一歩わたしに近づこうとしたとき、ぴりりりりと、大きな音がポケットの中で鳴った。

お母さんからのケータイの着信音《ちゃくしんおん》だ！

誠也くんが、はっと身《み》をこわばらせた。とたんに体が動《うご》いて、わたしは全速力《ぜんそくりょく》で走りだした。とにかく夢中《むちゅう》で家まで走った。そのあいだ、ずっとケータイは鳴っていた。

マンションのエントランスで、ようやく後ろをふりかえり、だれも近くにいないことをたしかめて、ケータイに出た。

――みのり！　今どこにいるの！

「お母さん……。今、マンションの一階《かい》……。」

そこまでいったら、がくがくとひざがふるえて、その場にすわりこんでしまった。

わたしはお母さんに、全部《ぜんぶ》話した。このままでは、仙人《せんにん》さんが死《し》んでしまうかもしれない。すぐに警察《けいさつ》に連絡《れんらく》するべきだと。

でも、お母さんは、「雑誌専属《ざっしせんぞく》モデルの誠也くん」に、首をかしげた。誠也くんは、小中学生の女子には有名《ゆうめい》だが、おとなはあまり知らない。

「その人の顔を見たのは、一瞬《いっしゅん》だけでしょ？　警察《けいさつ》にいって人まちがいだったら、大《たい》変《へん》なことになるんじゃないの？　制服《せいふく》だって、絶対《ぜったい》に香蘭《こうらん》高校のものだといえる？　似《に》たようなブレザーだったんじゃないの？」

そういわれると、自信《じしん》がなくなってきた。

香蘭高校は、この地区で有名《ゆうめい》な私立《しりつ》高校だ。そんな学校の生徒《せいと》が、あんなひどいことをするだろうか。ましてや誠也《せいや》くんは、ファンもいっぱいいる人気者《にんきもの》だ。ホームレスのおじいさんを笑《わら》いながらけるなんて、ありえないかもしれない。

警察には、お母さんからうまく話しておくから、暗《くら》モールで見たことはだれにもいわないでおきなさい、といわれた。

そして、暗モールには二度《ど》と行かないという約束《やくそく》をして、塾《じゅく》の帰りはお母さんにむかえに来てもらうことになった。

その週末《しゅうまつ》。日曜日、お昼すぎのことだった。

わたしは、リニューアルしたばかりの駅《えき》ビルのショッピングフロアにいた。

駅ビルの中に新しくできた、かわいい文房具《ぶんぼうぐ》のお店に、塾《じゅく》のなかよしで行こうと、ナナオちゃんたちにさそわれたのだ。

二時間以内《いない》に帰ってくるとお母さんと約束《やくそく》をして、家を出た。

お店には、もこもこのぬいぐるみみたいなポーチや、お姫様《ひめさま》のキャラクターのペンケースなんかがいっぱいならんでいて、わたしたちは、あれもかわいい、これもかわいいと大さわぎをした。迷《まよ》いに迷ったあげく、みんなで色ちがいの、アイスクリームの絵のクリアファイルを買った。

（来てよかった！）

暗《くら》モールの夜から、気持《きも》ちがずっとふさいでいたが、こうやって友だちと大笑《おおわら》いしていたら、あのできごとは、みんな忘《わす》れてしまっていいんだと思えた。

「ねえ、アイスクリーム食べたくなっちゃった。みんなは？」

亜美《あみ》ちゃんがいいだした。

「食べたいっ！　一階《かい》に、チャーム・アイスできたよね。行ってみる？」

ナナオちゃんがいい、

「それ、行きたいわ」

加西《かさい》さんも賛成《さんせい》して、行くことになった。

チャーム・アイスは人気店で、すごく混《こ》んでいた。

「奥《おく》の席《せき》もいっぱいだよね。ん？　なんか人だかりができてる。なんだろ」

ナナオちゃんが背《せ》のびして、店の奥をのぞきこんだとたん、とびあがった。

「うそっ！　どうしよう！　かっこいい人がいるって思ったら！　誠也《せいや》くんだよ！」

「きゃあっ！　誠也くんだ！　って、いっしょにいる人、まさかカノジョ!?」

亜美《あみ》ちゃんもいっしょに、大きな声でいったとき、人だかりをかきわけるようにして、ひと組のカップルが出てきた。

誠也くんと、高校生ぐらいのすごくきれいなおねえさんだ。おねえさんは、アイスの入ったピンクのカップを持《も》っている。

雑誌《ざっし》の中からとびだしたような、かっこいいカップルの登場《とうじょう》に、みんなが注目《ちゅうもく》したが、わたしはナナオちゃんの後ろにかくれた。

「誠也《せいや》くん！　あの、握手《あくしゅ》してください！」

ナナオちゃんが真《ま》っ赤《か》な顔でさけんだら、誠也くんが立ちどまった。

わたしは後ろに下がりすぎて、アイスクリームのケースに、どん！　と背中《せなか》がぶつかった。

白いひたいにななめにかかる髪《かみ》、細いまゆと、切れあがったシャープな目、誠也くんの顔は、暗《くら》モールで見た顔と、まったく同じだった。

（やっぱり、あのときの……仙人《せんにん》さんをけってた人だ！　見まちがいじゃない！）

そう思ったとき、誠也くんが、つっと目をあげてこっちを見た。

（わたしの顔……。誠也くんは覚《おぼ》えてるかも！）

とっさに、両手《りょうて》で鼻《はな》から下をおおった。

しかし、誠也くんは特《とく》にわたしに目をとめず、ナナオちゃんに、にこっと笑《わら》いかけた。

「ごめんね、今日はお休みでデート中だから」

「やっぱりデートなんですか？　わたしたち大ファンなんで、なんかショックです！」

亜美《あみ》ちゃんもいっしょになって、さけんだ。

「ぼくはアイドルじゃないからさ。デートだって堂々《どうどう》とするよ」

誠也《せいや》くんが苦笑《にがわら》いをする。

「誠也、わたしはいいから、握手《あくしゅ》ぐらいしてあげたら？　みんな小学生なんでしょ？」

誠也くんの彼女《かのじょ》が、くすくす笑っていった。

「サエがそういってくれるなら。おゆるしが出たよ。だれから握手する？」

きゃあっと声をあげて、ナナオちゃんが一番に手をさしだした。

その手をにぎりながら、誠也くんがきいた。

「きみたち、何年生？」

「みんな五年生です」

「同じクラスなの？」

「いいえ、同じ塾《じゅく》の仲間《なかま》です」

顔を真《ま》っ赤《か》にして、ナナオちゃんが答える。

このままでは、握手の順番《じゅんばん》がまわってくる。

手をにぎって近くで顔を見られたら、暗《くら》モールにいたのがわたしだと、気がついてしまうかもしれない。そう思うと、足もとからふるえが体をはいのぼってきた。

誠也《せいや》くんが亜美《あみ》ちゃんの手をにぎったとき、すぐ前にいた加西《かさい》さんに早口でいった。

「ごめん、お母さんから、すぐに帰ってきなさいって電話がかかってきたから、先に帰るね」

「え。多田《ただ》さん、もう帰るの？」

加西さんが大きな声でいった。すると、ナナオちゃんと亜美ちゃんがこっちを見た。

「ええーっ？　みのりちゃん、このタイミングで帰る？」

「握手《あくしゅ》してもらわなくていいの？」

「ご、ごめん！　またね！」

わたしは店からとびだした。

翌日《よくじつ》。月曜日。

塾《じゅく》を出て、約束《やくそく》の場所《ばしょ》、コンビニの前に行ったが、お母さんはまだむかえに来ていなかった。おそいなと思ったら、ケータイが鳴った。

――ごめん、みのり！　お父さんが急《きゅう》に帰ってきちゃって……。だから、わたしはみのりをむかえに行かなくちゃいけないって、いってるでしょう⁉　どうして、今そんなことというの！

お母さんのわめく声と、お父さんがなにかいいかえす声が、かさなって聞こえる。

わたしは、ぎゅっと目をとじた。二人のさけぶ声を聞くと、しめつけられたように胸《むね》が苦《くる》しくなる。

「いいよ、お母さん。今日はまだ早いし、一人で帰るよ。大通り沿《ぞ》いに帰るし、だいじょうぶだよ」

――ごめんね。途中《とちゅう》までむかえに行くから。

ケータイを切ったその手を、だれかにつかまれた。ぎょっとして顔をあげると、白いひげのおじいさんだった。

「あっ。せ、仙人《せんにん》……さん⁉」

ぼろぼろの、そでがない薄《うす》い着物《きもの》を、おなかのところで縄《なわ》のような太いひもでしめて、杖《つえ》をついていた。あれだけひどく誠也《せいや》くんにけられたのに、けがをしているようすはない。

「大通りから帰ってはだめじゃ。今日は、こっちから帰るがいい」

仙人《せんにん》さんはコンビニの横《よこ》の道を、杖の先でさした。

「……それはできません。二度《ど》と、あの場所《ばしょ》に行かないって、お母さんとも約束《やくそく》してますから！」

仙人さんをふりきって、かけだした。

(やだ。なに？　仙人さん、わたしのあとをつけてたってこと？　こわい‼)

にぎやかな大通りを走り、信号《しんごう》をわたって住宅街《じゅうたくがい》に入った。

立ちならぶマンションにはさまれた道を、会社帰りのおじさんを追《お》いこし、犬の散《さん》歩《ぽ》をするおばさんにぶつかりそうになりながら、必死《ひっし》で走った。

もうすぐ完成《かんせい》の、工事中《こうじちゅう》の大きなマンションの前を通りすぎる。あと少し。この角をまがったら、もう、うちのマンションだ。

そう思ったときだった。黒いトレーニングウエアの男が、角からすっとあらわれた。

その人とぶつかる！　と思った瞬間《しゅんかん》、ばふっと、口が布《ぬの》のようなものでふさがれた。

あっ！　と思ったときには、ぐいっとタオルを口につっこまれて、声が出せなくなった。トレーニングウエアの男は、わたしの体をかかえあげるようにして、工事中《こうじちゅう》のマンションの裏《うら》に連《つ》れていった。

手足をめちゃくちゃに動《うご》かしたが、ランドセルごとがっちりとつかまれて、逃《に》げられなかった。

がらんとした駐車場《ちゅうしゃじょう》のコンクリートの床《ゆか》に、どさっと放《ほう》り投《な》げられた。

「多田《ただ》みのり。橘《たちばな》小学校五年。駅前《えきまえ》の明静塾《めいせいじゅく》に、月曜と金曜に通っている。家は三丁目《ちょうめ》のウエルマンションの二階《かい》」

トレーニングウエアの男がマスクをずらして、笑《わら》いかけてきた。誠也《せいや》くんだった。

「きみの友だちは、おしゃべりだね。握手《あくしゅ》しているあいだに、きみのことをずいぶん教えてもらったよ」

わたしは、口の中のタオルをべっとはきだした。

「きみはとても勉強《べんきょう》ができて、頭がいいんだそうだね。わざわざ、念押《ねんお》ししなくてもよさそうだけど、いちおう、いっておこうと思って」

「……なにを？」

ふるえる手でポケットのケータイをさがしたが、見つからない。連《つ》れてこられるあいだに、落《お》としたのかもしれない。

「きみの見たことは、この先も、だれにもいわない方がいいってこと」

「……もし、だれかにいったら？」

「なんだって？」

「人気モデルの誠也《せいや》くんが、ホームレスのおじいさんをひどいめにあわせて、こんなふうにわたしをおどかしたことをいったら、どうするの？　警察《けいさつ》につかまるの、誠也くんだよ」

あまりにもこわすぎると、心がしびれたようになって、こわさが感《かん》じられなくなるのかもしれない。わたしは、気がついたら、そんなことをいってしまっていた。

すると誠也くんは、目を細めて、わたしの顔をじーっと見つめた。

「きみみたいにかわいい子の顔に、けがなんかさせたくないんだよね。それなのに、きみはどうしてそんなことをいうの？」

「せ、誠也《せいや》くんのこと大好《だいす》きな人、いっぱいいるのに。みんな、がっかりするよ！」

「うるさい」

誠也くんの顔から薄笑《うすわら》いが消《き》えた。

かっとひらいた目が、赤く充血《じゅうけつ》していた。

「せっかく忠告《ちゅうこく》してやったのに！　なまいきなことをいったのを後悔《こうかい》させてやる！」

誠也くんのうでが高くふりあがった。なぐられる！　そう思って身《み》をちぢめたときだった。

「やめなさい」

駐車場《ちゅうしゃじょう》の天井《てんじょう》に声がひびいた。ぴたっと、誠也くんのうでがとまった。

すぐそばに、仙人《せんにん》さんが立っていた。

「なんだ、仙人のじいさんじゃないか。へえ、死《し》んだかと思ってたのに」

誠也くんが、本気でおどろいたようにいった。

「その子をおどかすのは、やめなさい」

「おまえみたいな者《もの》が、ぼくに命令《めいれい》か？」

誠也《せいや》くんが、肩《かた》をゆらして笑《わら》った。

「それにぼくは、この子をおどかしているんじゃない。よけいなことを人にいわないほうがいいってことを、教えてやってるんだ」

「それなら、わしも教えてやろう。その子からはなれたら、おまえのほしいものをなんでも出してやろう」

ぴくっと、誠也くんのまゆが動《うご》いた。

「あんたが？　ははは、仙人《せんにん》だもんな。じゃ、金《かね》のなる木でも出してくれよ」

「金がほしいのか？」

「そうだ。一生遊《あそ》んでくらせるだけの金がほしい。そうしたら、気が向《む》いたときにテレビや雑誌《ざっし》に出て、買いたいものを買って、女の子と楽しく遊べるしね」

「わかった、では出してやろう。と、その前に。好《す》きな果物《くだもの》はなんだ？」

「なにそれ？　なんでここで果物？」

誠也くんが、ぷっと吹《ふ》き出した。

「好《す》きなフルーツはメロンだけどさ。金《かね》のうえにメロンまでくれるの？　さっすが仙人《せんにん》」

「木よ。いでよ。そしてたわわに実《みの》れ」

仙人さんが、どんと木の杖《つえ》で、コンクリートの床《ゆか》を突《つ》いた。めりめりめりめりと、床にひびが入ったかと思うと、ひびのあいだから、あざやかな緑色《みどりいろ》の芽《め》が出てきた。

わたしは息《いき》をのんで、その芽がみるみるのびて葉《は》をしげらせるのを見た。

その植物《しょくぶつ》はどんどんつるをのばした。つるは壁《かべ》をつたい、すぐに天井《てんじょう》までとどいた。

「これはなんだ？」

誠也《せいや》くんが、つるのあいだから吹《ふ》き出すように次々《つぎつぎ》と咲《さ》く、黄色い花をぽかんとながめながら、きいた。

「わしの術《じゅつ》はな、この世《よ》にあるものの形でないと、出せないのじゃ。金のなる木は、この世にない。だから、メロンの形をとったのじゃ」

「じゃ、このメロンから金が出てくるとか？」

誠也くんは、話しているあいだにもどんどんふくらんできた、淡《あわ》い緑色の果実《かじつ》を指《ゆび》さした。

「そういうことじゃ」

「へえ、おもしろいことするじゃん」

誠也《せいや》くんは、ソフトボールほどの大きさになったメロンの実《み》に手をのばした。

「まだじゃ。果実《かじつ》が十分に大きくなって熟《じゅく》したものでないと、大金《たいきん》にはならないぞ」

「そういうことか！　でっかい実ほど、中から大金が出てくるんだな！」

誠也くんがうれしそうに笑《わら》って、あちこちで風船のようにふくらむメロンを見まわした。

「そうじゃ。あせっては損《そん》するぞ。じっくり実が大きくなってから、もぎとるといい」

いいながら、仙人《せんにん》さんがわたしに手招《てまね》きした。

誠也くんは夢中《むちゅう》になって、天井《てんじょう》からぶらさがる重《おも》たげなメロンを見ている。

わたしは床《ゆか》をはって、仙人さんに近づいた。

「メロンはしぜんに二つに割《わ》れる。そうしたら、中の実をひと口味《あじ》わうがいい。それが合図で、中身《なかみ》が……とびでてくるのじゃ」

「よし！　こいつから、とってやる」

誠也《せいや》くんが、いちばん大きな実《み》をもぎとった。

仙人《せんにん》さんはわたしを引きよせ、小声でいった。

「今すぐ走れ。家じゃなく、あっちの方じゃ」

そういって、大通りの方角を指《ゆび》さした。

「そして、おとなにいうんじゃ。男の人が道にたおれてます、とな。それだけでいい。そのほかのことは、いっさい、だれにもなにもいってはいかん。わかったら、行け！」

仙人さんがわたしの背中《せなか》をどんと押《お》すのと、すごい悲鳴《ひめい》があがったのと同時だった。

わたしは走りながら、後ろをふりかえった。

誠也くんの鼻《はな》から上は、ビーチボールほどもあるメロンの実が、がっちりはさみこんでいた。メロンの割《わ》れ目《め》からは、ぎざぎざした真《ま》っ黒《くろ》い歯《は》のようなものが生えていて、それがしっかりと誠也くんの顔にかみついている。

「見るな！　早く行くのじゃ！」

わたしは、目をとじて走った。

誠也《せいや》くんの悲鳴《ひめい》が長くひびくのを、ふりきるように必死《ひっし》で走った。

わたしは、駅前《えきまえ》のコンビニにかけこんだ。

店長さんは、とびこんできたわたしの体を受《う》けとめたひょうしに、メガネがずり落《お》ちてしまった。

「どうしたの？　なにかあったの？」

わたしは泣《な》いた。大声で泣いて泣いて、いくら泣いても涙《なみだ》がとまらなかった。

店長さんはメガネも拾《ひろ》わず、わたしが泣きやむまで、背中《せなか》をさすっていてくれた。

「そこの……大通りをまがったところで、男の人がたおれてます……」

わたしが、たおれている誠也くんを見つけたことは、街《まち》の大ニュースになった。

「誠也くん、かわいそう！　ジョギングの途中《とちゅう》で死《し》んじゃうなんて！」

「心臓発作《しんぞうほっさ》で、突然死《とつぜんし》なんだってね。握手《あくしゅ》してもらったときは、あんなに元気だったのに」

ナナオちゃんも亜美《あみ》ちゃんも、泣《な》いていた。

みんな、くわしいことを知りたがった。

友だちだけでなく、学校の先生や近所《きんじょ》の人にも、心配《しんぱい》した親戚《しんせき》からも、いろいろいわれたが、わたしはだまっていた。仙人《せんにん》さんにいわれたこと以外《いがい》、なにもいわなかった。

一度《ど》だけ、明るいうちにマンションの駐車場《ちゅうしゃじょう》を見に行ったが、なにもなかった。床《ゆか》のひびわれも消《き》えていたし、メロンの葉《は》の一枚《まい》も落《お》ちてなかった。

そしてあの日から、仙人さんのすがたも、街《まち》で見ることはなかった。

今、わたしは、お母さんとおばあちゃんと三人でくらしている。

あの夜。お父さんと口げんかなどせず、ちゃんとむかえに行っていれば、みのりがあんなこわい目にあわなくてすんだのに、ごめんね、と、お母さんはわたしにあやまった。

そして、もう、お父さんを待《ま》ったり、追《お》いかけたりするのをやめて、みのりとのくらしを大事《だいじ》にすると約束《やくそく》してくれた。

そして今日、わたしはひさしぶりに、お父さんと会っている。月に一度《ど》、決《き》まった時間だけお父さんと会う、という約束《やくそく》になっているのだ。

お父さんは、おしゃれな服《ふく》を着《き》て、若《わか》い髪型《かみがた》になっていた。それにスマホが鳴ったときにのぞいたら、はでな感《かん》じの女の人の写真《しゃしん》が画面《がめん》に出てきた。

お父さんは電話に出なかったが、

「今の、お父さんのカノジョ？」

ときいたら、うれしそうに笑《わら》ったし、ちがうとはいわなかった。

（お父さんって、誠也《せいや》くんと似《に》てるかも）

お金《かね》をつかうのが好《す》きで、お母さんとそのことで、よくけんかをしていた。

（お金と、おしゃれと、きれいな女の人が好きなんだったら、誠也くんと同じだよね。それなら、あの「金のなる木」も、出してあげたらよろこぶかも）

仙人《せんにん》さんに会えたら、今度《こんど》はお父さんに出してもらえないか、頼《たの》もうかな……。

そうそう、お父さん、メロンも好きだったし。

（帰り道で、仙人さんをさがそうかな）

そこまで考えたとき、ポケットの中でケータイが鳴った。

見たら、お母さんからのメールだった。

——出るときに、いろいろいってごめんなさい。もしそうしたければ、二時間だけじゃなくて、もっとお父さんとすごしてもかまわないから。夕ごはんをお父さんといっしょにしてもいいわ。みのりの、たった一人のお父さんなんだものね。

わたしは、だまってお父さんの顔を見た。

（お父さんが死《し》んじゃったら、やっぱりお母さん、悲《かな》しむだろうな）

「メール、お母さんから？　なんだって？」

「なんでもない。帰る時間を知りたいみたい。夕ごはんの都合《つごう》があるから」

わたしはケータイをしまった。

「もう帰るね。お父さん、元気でね」

そういって、先にファミレスを出た。

仙人《せんにん》さんをさがすのは、今日のところはやめにして、まっすぐ家に帰ったのだった。

◆作者《さくしゃ》より

「仙人《せんにん》さん」は、『今昔物語集《こんじゃくものがたりしゅう》』第《だい》二十八巻《かん》第四十「外術《げじゅつ》を以《もっ》て瓜《うり》を盗《ぬす》み食はれたる語《こと》」に出てくる、不思議《ふしぎ》な老人《ろうじん》から思いついた話です。

瓜を京のみやこに運《はこ》ぶ男たちに、「のどがかわいたので一つわけてくれ」と、杖《つえ》をついた老人《ろうじん》が頼《たの》んできます。これはみやこに運ぶ積《つ》み荷《に》だからと断《ことわ》ると、老人は「じゃあ自分で瓜をつくって食べるまでだ」といい、種《たね》から芽《め》を出させ、どんどん大きくして、りっぱな瓜をたわわに実《みの》らせます。

老人がすすめるので、男たちは大喜《おおよろこ》びしてその瓜を食べますが、あとで積み荷の瓜がなくなっているのに気がつきます。

「しまった。あの年寄《としよ》りは人間ではなかったのか！　目くらましの術《じゅつ》をかけられた！」

あとで、みなでおおいに悔《くや》しがったというお話です。

瓜がみるみる育《そだ》つシーンが大好《だいす》きなんですが、現代《げんだい》の「こわいお話」に転化《てんか》すると、瓜も人も、ずいぶん恐《おそ》ろしくなってしまいました。

マクベスの消《け》しゴム

藤《ふじ》真《ま》知《ち》子《こ》

わたし、ユカ。四年生。

おけいこからの帰り道、クラスの友だちのミキと会った。同じ方角だったので、いっしょに歩いてた。

「ユカは妹がいて、いいね。かわいいでしょ？」

ミキがいった。

わたしの妹はリナ、三歳《さい》。

「かわいいときもあるけど、うるさいときもあるの。それに、ママは妹のリナが一番で、いつでも『おねえちゃんだから』って、わたしにがまんさせちゃうし……」

「ええっ、おんなじ。わたしのママは、お兄ちゃんが一番よ。わたしは『女の子だから』っていわれちゃう」

話しながら歩いてたら、いつのまにか公園の前の通りだった。冬の夕方だから、少し暗《くら》くなってる。こんな時間に、あんまり通らない道だ。公園のところは暗いから、近道だけど、子どもだけで通っちゃダメとママにいわれてる。

夕方から夜は、たまに占《うらな》い師《し》がいるが、今もあやしげな女の人が台を出してすわっていた。お客《きゃく》さんはだれもいない。ほんものの魔女《まじょ》みたいに、髪《かみ》の毛《け》は長くてきたならしくぼさぼさで、黒っぽいダブダブしたしわくちゃの服《ふく》を着《き》ている。台の上に水晶玉《すいしょうだま》を置《お》いてて、あれでいろんな運命《うんめい》が見えちゃうのかな。

占《うらな》いって、興味《きょうみ》あるけど、ちょっとこわい。あんな魔女みたいな占《うらな》い師《し》じゃ、「幸《しあわ》せ」ってことばより、「呪《のろ》い」ってことばの方をいいそうな気がするもん。

なんかこわくて、そっちを見ないようにして通りすぎようとしたときだ。

「ユカはママの一番」

しわがれた声がした。

ユカは、わたしの名前だ。

えっ、な、なに？　わたし、ドキッとして立ちどまった。だって、「ユカはママの一番」って、わたしが小さいとき、妹のリナが生まれる前に、ママがいってたセリフ。ママはいつも、わたしをだきしめていってた。でも、リナを妊娠《にんしん》してからは、いつのまにか、そんなことをいうことはなくなっていた。

占い師のおばあさんが、わたしのほうを見てニヤッとすると、もう一度《ど》いった。

「おめでとう、ユカはママの一番」

「なんでユカの名前を知ってるのよ！」

ミキがびっくりして聞いた。

すると、その気持《きも》ちわるい魔女《まじょ》みたいなおばあさんが、ニヒヒと笑《わら》った。

「あんたはミキだろ。あんたは、ユカほど幸《しあわ》せになれぬが、ユカより幸せになるよ」

そういって、しわがれた声で笑った。なんだかわけがわからないのに、ぞっとした。

「早く行こうよ」

ミキにせかされて、うなずいたときだ。

「お待《ま》ち、忘《わす》れものだよ」

声がして、わたしはふりむいた。占《うらな》い師《し》のおばあさんの目が、心の奥《おく》まで見抜《みぬ》きそうにギラギラしてる。

しわがれた手で手招《てまね》きされると、抵抗《ていこう》できなかった。ふらふらと近寄《ちかよ》ると、占い師の魔女がニッと笑って、わたしの手になにかおしつけた。

「あんたは、魔法《まほう》を持《も》っていくのを忘れてたよ。これは『マクベスの消《け》しゴム』。消

fly

したい者《もの》の名前を書いて、これで消《け》せば、その人はみんなの記憶《きおく》から消《き》えてしまうよ。最初《さいしょ》からいないことになる。そして、おまえは一番になれる」

　わたしの耳もとで老婆《ろうば》がいった。わたしは、ドキドキしていた。

　こわくてたまらなかった。でも、その手におしつけられたなにか――おばあさんのいう魔法《まほう》のマクベス消しゴム――をつっ返《かえ》すことなんて、できなかった。

「ユカ、早く行こうよ」

　ミキがわたしの腕《うで》をひっぱったので、わたしもうなずいた。

　少し歩くと、ミキがいった。

「もう！　ユカったら、あんなへんなおばあさんと話して、信《しん》じらんない！」

「ん、ごめんね。でも、あの人、なんでわたしの名前まで知ってたのかしら？」

「きっと、わたしたちの会話を聞いてたのよ。ねえ、ユカになにをいったの？」

「よくわからなかった……」

　わたしはごまかしてしまった。左手ににぎった魔法の消しゴムが、ぐんと重《おも》くなった気がした。

料金受取人払郵便

牛込局承認

8554

差出有効期間
2018年11月30日
（期間後は切手をおはりください。）

郵便はがき

162-879[illegible]

東京都新宿区市谷砂土原町 3-5

偕成社 愛読者係 行

ご住所	〒 □□□-□□□□ 都・府・ フリガナ	
お名前	フリガナ	お電話

ご希望の方には、小社の目録をお送りします。 ［希望する・希望しない］

本のご注文はこちらのはがきをご利用ください

ご注文の本は、宅急便により、代金引換にて１週間前後でお手元にお届けいたしま
本の配達時に、【合計定価（税込）＋代引手数料 300 円＋送料（合計定価 1500
上は無料、1500 円未満は 300 円）】を現金でお支払いください。

書名		本体価	円	冊数	
書名		本体価	円	冊数	
書名		本体価	円	冊数	

偕成社 TEL 03-3260-3221 ／ FAX 03-3260-3222 ／ E-mail sales@kaiseisha.co.jp

★ ご愛読ありがとうございます ★
今後の出版の参考のため、皆さまのご意見・ご感想をお聞かせください。

の本の書名『　　　　　　　　　　　　　　　　　　　　　　　　』

年齢（読者がお子さまの場合はお子さまの年齢）　　　　歳（ 男 ・ 女 ）

の本のことは、何でお知りになりましたか？
店　2. 広告　3. 書評・記事　4. 人の紹介　5. 図書室・図書館　6. カタログ
ェブサイト　8. SNS　9. その他（　　　　　　　　　　　　　　　　）

感想・ご意見・作者へのメッセージなど。

記入のご感想を、匿名で書籍の PR やウェブサイトの
想欄などに使用させていただいてもよろしいですか？　〔はい ・ いいえ〕

＊ ご協力ありがとうございました ＊

偕成社ホームページ　http://www.kaiseisha.co.jp/　Facebook も やっています！

ミキとわかれても、わたしは消《け》しゴムをにぎったままだったし、こわくて手をひろげてみることができなかった。手をひらいたとたん、魔《ま》法《ほう》の黒い煙《けむり》がとびだして、呪《のろ》いがかかってしまいそうな気がして、こわかったのだ。

「おねえちゃん、おかえり」

うちに帰ると、リナがうれしそうによってきた。

「うん。ただいま」

いいながらも、うわの空だった。ちょっとうしろめたい気分で、部屋に入って手をひらいた。

魔法の消しゴムは真《ま》っ黒《くろ》だった。つややかで黒々としている。

ほんとに人を消せるのかしら？　そんなものがあるわけないわよね。

わたしは、そっととりだして見つめた。

こんなあやしいものを受《う》けとってしまったなんて、やましい気分。

「おねえちゃん、ママがおやつだって！」

リナが来て、わたしはあわてて消《け》しゴムを引き出しの奥深《おくふか》くに入れた。魔法《まほう》なんかうそだとしても、つかわないから。

「来週のユカの授業参観《じゅぎょうさんかん》なんだけど、リナの幼稚園《ようちえん》のお手伝《てつだ》いとかさなっちゃったの。ユカ、行けないけど、ごめんね」

ママが手作りのチーズケーキを出しながら、いった。

「そんな！　この前の生活発表会《はっぴょうかい》も来なかったじゃない！」

「しかたないでしょ。急《きゅう》にリナが熱《ねつ》を出したんですもの。ね。次《つぎ》はきっと行くからね」

わたし、すごくおもしろくない。涙《なみだ》が出ちゃいそう。いっつも「リナ、リナ」って、信《しん》じられない。くやしくてリナをにらんだとき、思わずさけんだ。

「あーっ、リナが遊《あそ》んでるの、わたしのハンカチ！　リナ！　返《かえ》してよ！」

わたしが強引《ごういん》にとりあげたら、リナが泣《な》きだした。

「ほら。よだれがついてる！　リナがいじったからよ！」

「いいじゃない。ユカはおねえちゃんなんだし。貸《か》してあげてよ。あとでお洗濯《せんたく》するから」
ママがいって、わたし、頭にきた。
「だって、友だちとおそろいなのに！」
リナ、最低《さいてい》！　リナがぎゃあぎゃあ泣《な》いた。もう！　うるさいんだから！
わたし、部屋《へや》にもどって、ドアをバタンとしめた。
リナのせいで、ママは授業参観《じゅぎょうさんかん》に来ない。リナのせいで、わたしは怒《おこ》られる。
リナなんか、消《き》えちゃえばいいんだわ。
すごく頭にきて、紙に、リナの名前を書いた。
「北原《きたはら》リナ」
そして、あの消《け》しゴムを引き出しの奥《おく》からとりだした。
リナなんて消えちゃえ！
そう思いながら、リナの名前を消してみた。ちょっとすっきり。
うん。これってストレス解消《かいしょう》になるかも。
そう思ったとき、わたし、ハッとした。

しーん。

うちが、急《きゅう》に静《しず》かになっていたのだ。

さっきまでリナが泣《な》いていたのに。リナのしゃべる声もしない。

ドキン！

まさか、まさか、本当に消《き》えちゃったの？

「リナ！」

わたし、心配《しんぱい》でたまらなくなって、部屋《へや》をとびだした。

「あら、ユカ、どうしたの？」

ママが、きょとんとしてきいた。

「リナは？」

「リナ？　リナちゃんって？　お友だち？」

「ええっ！　わたしの妹よ。」

「なにいってるの？　ユカは一人っ子よ。妹なんていないじゃないの。夢《ゆめ》でも見たの？」

ママは、あたりまえのようにいった。

まさか、ほんとにリナがいなくなっちゃったの？

うそ！　うそ！

でも、となりの部屋《へや》を見ても、リナのベッドもないし、おもちゃもない。

クローゼットにリナの洋服《ようふく》もなければ、玄関《げんかん》にリナのくつもない。

いつもリナのものが家じゅうにちらかってるのに、どこにもない……。

わーん、どうしよう！

どこをさがしても、リナはいない。ううん。リナのものは、なにひとつない。

うそだよね。消《け》しゴムでリナの名前を消しただけで、本当にリナはいなくなっちゃったの？　リナの生きてたことまで消《き》えちゃうの？　ママの記憶《きおく》からも？

部屋にもどると、机《つくえ》の上で、消しゴムがぶきみに光っている。

本当の魔法《まほう》なの？

真《ま》っ黒《くろ》い夜の闇《やみ》のように、リナをのみこんじゃったなんて……。

リナがいないなんて、わたしのうちじゃない！

どうやったら、もとにもどるの？

あの占《うらな》い師《し》は、本当の魔女《まじょ》なの？　だったら聞いてみなきゃ。もとにもどす方法《ほうほう》を。

「ママ、ごめん。ちょっと行ってくる」

「どこ行くの？　もうすぐごはんよ」

「公園」

「だめよ。もう暗《くら》いし、あぶないわ」

ママがいったけど、そんなの聞いてられない。わたし、いそいで公園にかけだした。

でも、いない。あの占い師の魔女はいなかった。

それなのに、わたしの頭の中で、しわがれた声だけがはっきりと聞こえた。

「おめでとう、ユカはママの一番！」

ああ！　しゃがみこんだわたしの頭の上から、ママの声がした。

「ユカ、どうしたの？　だいじょうぶ？」

ママだ。ママがわたしを追《お》いかけてきたのだった。

「こんな夕方に一人で行ったら、あぶないわ。ママのだいじな娘《むすめ》だもの」

ママがいって、わたしをだきしめた。リナが生まれる前みたいに。

「おめでとう、ユカはママの一番！」

あの老婆《ろうば》の声が、また、わたしの頭の中でこだました。


夜ごはんのときも、リナはいない。

ママがテレビをつけた。あっ、わたしの大好《だいす》きな番組。それなのに、なかなか見られなかったのは、この時間、リナが幼稚《ようち》な番組を見たがっていたから。

CM《シーエム》のとき、ママがいった。

「明日の土曜日、パパはゴルフだから、ショッピングモールに行きましょう。すてきなカフェができたんですってよ」

ほんとに？　ひさしぶり！

リナが生まれる前までは、よくママといっしょにおでかけしてた。でも、リナが生まれてから、ママはぜんぜんおしゃれな店に行かなくなって、いっつも、つかれるっていってた。

リナがいなければ、ママもテレビもひとりじめできたのよね。

わたし、ちょっとうれしくなった。

わたしはママの一番？

聞かなくても、自信《じしん》もてちゃいそう。


その夜、夢《ゆめ》を見た。リナが真《ま》っ黒《くろ》い闇《やみ》の中にいて、泣《な》いてた。

「リナ！」

さけんで、わたし、自分の声で目をさました。ドキドキしてる。

リナはどこにいるの？　でも、いくらさがしても家にはいなかった。

「おねえちゃん、おねえちゃん」といって、いつもわたしのあとをくっついてきてたリナ。わたしのまねばっかりしてたけど、わたしのことが好《す》きだったからよね。

それなのに、じゃまにして、ごめんね。

あんないい子なんていなかったのに。リナみたいなかわいい子が、いなくなっちゃうなんて……。

なんてことをしちゃったんだろう。

リナのことを考えてると、ねむれなくなる。

そのとき、闇《やみ》の中でギラリとかがやく黒い光に気がついた。机《つくえ》の上の消《け》しゴムだ。

それだけではない。あの消しゴムをつかったわたしの右手までが、真《ま》っ黒《くろ》に光って見えた。まさか、黒い消しゴムの色がうつっちゃったの？

わたし、こわくて起《お》きだすと、洗面所《せんめんじょ》に行って手をごしごし洗《あら》った。


それでも、しだいにリナのいない生活になれてきた。

ときどき、リナのことを思い出すと苦《くる》しくなる。そのときは、消しゴムを持《も》ってた右手が黒ずんで光って見える。あの消しゴムのかすが、こびりついてる気がする。そのたびに、こわくて、ごしごし手を洗ってしまう。

けれど、リナを思い出す時間もだんだんへってきた。

授業参観日《じゅぎょうさんかんび》にも、もちろんママは来てくれた。

リナのことさえ忘《わす》れれば、幸《しあわ》せになれるのかもしれない。

でも、いつもリナのことを思い出させる者《もの》がいる。ミキ。占《うらな》い師《し》の魔女《まじょ》に魔法《まほう》の消《け》しゴムをもらったとき、いっしょだった子。

ほかの友だちは、リナとも遊《あそ》んでたわたしの親友だって、リナの記憶《きおく》が消《き》えて、わたしが最初《さいしょ》から一人っ子だったと思ってるのに、ミキだけはちがう。

「ユカは『ママの一番』になったわね。魔女のいったとおりね。妹になにをしたの？」

ある日、ミキがいった。みんなが兄弟の話をしてるときだった。

わたし、体じゅうが青ざめた。

ミキだけは、記憶から消えてないんだ……！

ミキひとりだけ、魔法にかかってない。どうして？　あのとき、いっしょだったから？　それとも、わたしが魔女から消しゴムをもらったとき、ミキもなにかもらったのかしら？

わたし、ドキッとして、思わずふるえた。

それからも、ミキと目が合うたびに、非難《ひなん》されてる気がしてびくびくする。

「ユカ、あんた、なにかやって、妹のリナのことを消したでしょ！　そうやって『ママの一番』になったんじゃないの？」

でも、わざとじゃないの。ほんとの魔法《まほう》だって知らなかったから。

でも、そういったら、問《と》いつめられそうな気がするの。

「百パーセント、そういえるの？　心のどこかで、少なくとも〇・一パーセントは信《しん》じてたんじゃないの？」って。


ミキのことを消《け》してしまおう！　わたしは、おそろしいことを思いついた。

今回は、魔法だと、本当に消《き》えると知っててつかうのだ。なんてこわいんだろう。

わたしはミキの名前を書くと、消しゴムで消そうとした。すると、どうして！　消えないのだ。なんで？　ミキは、あの魔女《まじょ》に出会ったときにいっしょにいたからなの？

わたしの心に黒い影《かげ》がさした。


ミキは毎日、兄弟のことばかり話す。イヤミったらしく。

そのたびに、わたしはつらくなる。でも、わたしはいいことを思いついた。

ミキのおにいちゃんを消《け》したら、もうミキも兄弟のことを話さないだろう。

わたしはミキのおにいちゃんの名前をしらべて、紙に書くと、消しゴムで消してしまった。

真《ま》っ黒《くろ》い消しゴムが、まるでブラックホールになったようだった。ミキのおにいちゃんの名前をのみこむようにして、消した。

消しゴムはかすが出ない。そのかわりに、持《も》ってたわたしの右手が真っ黒になった気がする。

わたしは石けんをつけて、ごしごし洗《あら》った。

洗っても洗っても、消しゴムのかすがわたしの手の中にすいこまれてしまった気がする。


翌日《よくじつ》、学校の洗面所《せんめんじょ》でわたしが手を洗ってると、ふいにうしろで声がした。

「七つの海の水、すべてで洗っても、おまえの手にしみついたものは落《お》とせぬ」

ドキッとしてふりむくと、ミキが能面《のうめん》のような顔をして立っていた。

「『マクベス』ってお話、知ってる？」

マクベス……聞いたことある。あっ！　あの黒い消《け》しゴムをくれたとき、魔女《まじょ》が『マクベスの消しゴム』といってたのだ……！

でも、わたしは、お話だということも知らなかった。首を横《よこ》にふった。

「マクベスっていう将軍《しょうぐん》が、魔女に『王になる』って予言《よげん》されるの。そのために、王を殺《ころ》して自分が王になるの。でも、王を剣《けん》で刺《さ》し殺したときに手についた血《ち》は、七つの海、世界《せかい》じゅうの海の水をつかっても洗《あら》い落《お》とせないと思ってしまうの。だから、ごしごしと手を洗いつづけるの」

わたしは背《せ》すじがぞっとした。「それでどうなるの？」とは聞けなかった。「なんで、わたしにそんな話をするの？」とも聞けなかった。

わたしの手が真《ま》っ黒《くろ》に見える。わたしは、右手の内側《うちがわ》を見せないようにした。

「ユカ、どうして、いつも右手をにぎってるの？」

友だちに聞かれることがある。

「くせよ」

わざと明るくいうけど、こわくて、それ以上《いじょう》いえない。
そのうち、いいだす子がいた。
「ユカって、手ばっかり洗《あら》ってて、おかしいんじゃない？」
「潔癖《けっぺき》ノイローゼね」
そんな意地悪《いじわる》をいう子も、わたしは名前を書いては黒い消《け》しゴムにのみこませた。
真《ま》っ黒《くろ》い消しゴムは、名前といっしょに、その子がいたことも、みんなの記憶《きおく》から
なにもかもをのみこむようにして消していく。
もう、もとにはもどれない。
わたしの心の中には、あの黒い消しゴムのかすがいっぱいたまっている。まるで、
わたしがブラックホールになってしまったみたいだ。
それに、夢《ゆめ》の中では毎日、リナが出てきて泣《な》いている。わたしはあんまり眠《ねむ》れない
から、ぼーっとしてることが多くなった。
そのせいかもしれない。

わたしは気がつくと、おけいこの帰り道、公園の前の道を歩いていた。目の前に、占《うらな》い師《し》の魔女《まじょ》が台の前にすわっていた。あのときみたいに、ニヤッとした。

わたしは、ぎくっとして立ちどまった。

「どうなるの？　わたしは」

思わず聞いてしまった。

「そんなことは知る必要《ひつよう》はない。それよりも、楽しみなさい。今のおまえは『ママの一番』なのだから。それを楽しめばいいのじゃ」

老婆《ろうば》はいうと、ニヒヒと笑《わら》った。

でも、わたしは楽しむどころか、こわくてたまらないのだ。

ママもパパも、わたしが手を洗《あら》いすぎることを心配《しんぱい》してる。

それからときどき、「リナが！」ということも。

ママもパパも前より笑わない気がする。リナがいるときは、もっとにぎやかだった。

だから、わたしは心配なのだ。ほんとうに、わたしはママの一番なのか。

それどころか、ママは、わたしがいない方がいいと思ってるのかもしれない。

ママが友だちとの約束《やくそく》で、わたしのことをあとまわしにするときも、こわくてたまらない。

「ねえ、ママ、その人の名前、教えて」

そういっては、ノートに書いて黒い消《け》しゴムをとりだす。その名前は、消しゴムがのみこんでいった。

わたしは「ママの一番」でいるために、いろんなものをうばっていかなければならないのだ。

夢《ゆめ》の中に毎日出てきたリナが、昼間も出てくるようになった。

リナの泣《な》き声《ごえ》が、四六時中《しろくじちゅう》、聞こえる。

でも、ママにもパパにも聞こえないし、見えないみたいだ。わたしには、はっきり見えるし、聞こえるのに。

「おねえちゃん、こわいよお！」

ほら、今もリナが、おびえて泣いてる。

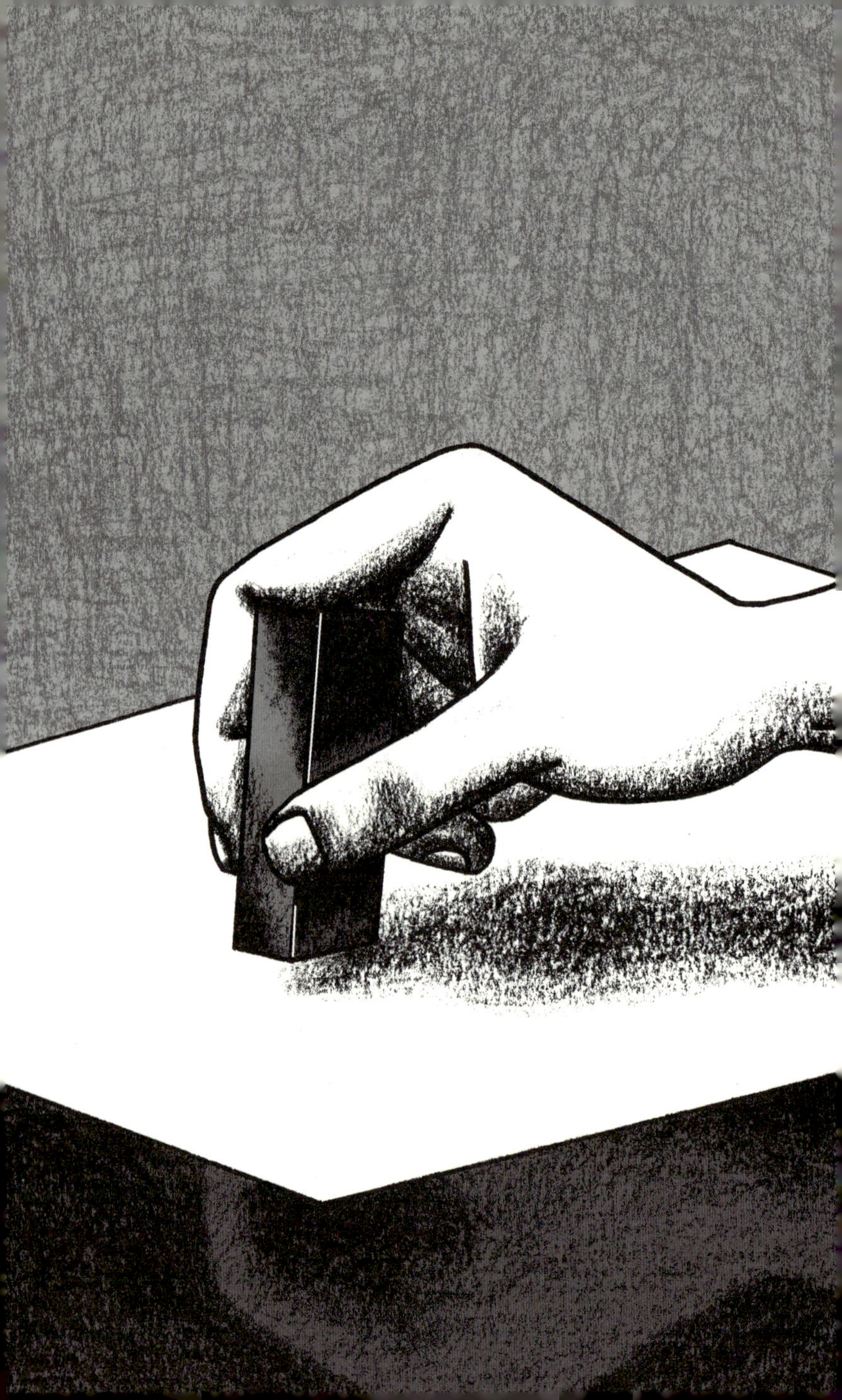

リナをたすけられるのは、わたししかいないのだ。

わたしも、リナのところへ行ってあげなきゃ。

それだけを思うようになった。

「リナ、待《ま》ってて。今、おねえちゃん、行ってあげるからね」

わたしは自分の名前、「北原《きたはら》ユカ」を紙に書いた。

そして、消《け》しゴムで消しはじめた。

黒い消しゴムが、わたしの名前をのみこんでいく。

最後《さいご》の文字が消《き》えた瞬間《しゅんかん》、わたしがこの世《よ》にいたことを覚《おぼ》えてる人は、だれもいなくなる。

覚えてるのは、ミキと、あの老婆《ろうば》だけだ……。

ママ、パパ、ありがとう。

「リナ、リナはわたしの一番だよ」

そういって、わたし、真《ま》っ暗闇《くらやみ》の中で、リナをだきしめてあげるからね。

わたしは最後《さいご》の「カ」の字を消した。

◆作者《さくしゃ》より

「マクベス」の物語《ものがたり》は、作者のシェイクスピアが亡《な》くなってから四百年がたつ今でも、世界《せかい》じゅうで毎年、数えきれないほど何度《なんど》も舞台化《ぶたいか》・映画化《えいがか》されています。

マクベスは勇敢《ゆうかん》な将軍《しょうぐん》ですが、荒《あ》れ地《ち》で魔女《まじょ》に会うと、王位《おうい》につくという予言《よげん》をされます。その話を聞き、野心家《やしんか》のマクベス夫人《ふじん》は、「あなたは本当は王になりたいのだ」とそそのかします。マクベスはおじけづきながらも王を暗殺《あんさつ》して、新しい王となります。マクベスは、ずるがしこい男ではありませんでした。でも、予言され、愛《あい》する夫人の望《のぞ》みをかなえるためにしたことで、罪《つみ》の意識《いしき》から幻《まぼろし》を見、そそのかしたマクベス夫人も罪の意識から夢遊病《むゆうびょう》になって……。

予言は人の心を狂《くる》わすこともあるのです。それに翻弄《ほんろう》された人間の悲劇《ひげき》の物語ですが、シェイクスピアの「マクベス」は壮大《そうだい》で、ぜひ読んでほしい作品《さくひん》です。

さよならピアノ

吉《よし》野《の》万《ま》理《り》子《こ》

「鉄也《てつや》、今日までピアノの練習《れんしゅう》してないでしょ。早くやりなさい」

お母さんにおこられて、鉄也はため息《いき》をついた。晩《ばん》ごはんを食べおわったらゲームをやろうと思っていたのに。毎日、ピアノに時間をとられるせいで、ちっともすすまない。

ため息が聞こえてしまったみたいで、お母さんは鉄也の前に立って、うで組みをした。目が三角にとがっている。

「ピアノを習いたい、っていいだしたのは鉄也なんだからね！　そのために、わざわざピアノを買ったんだから」

「うん」

「約束《やくそく》は忘《わす》れてないよね。守《まも》りなさいよ！」

「わかってる……」

鉄也は弱々しく返事《へんじ》をした。

『どんなことがあっても、小学校卒業《そつぎょう》まではピアノをつづける』

それが、買ってもらうときの約束だったのだ。

しぶしぶ、鉄也《てつや》はピアノの前にすわった。今習っているのは、『楽しいピアノ』という本の〈作品《さくひん》18〉だ。楽譜《がくふ》をひろげて、鉄也はもう一度《ど》ため息《いき》をついた。

ピアノ教室に通いたい、と鉄也がおねがいしたのは、去年《きょねん》のこと。四年生の九月だった。同じクラスで、前からいいなと思っていた光香《みつか》と、となりの席《せき》になれたのがきっかけだ。

光香は口数が少なくて、いつもにこにこしながら友だちの話を聞いて、小さな声でわらってるような、おとなしい子だった。

せっかくとなりになったのに、話すチャンスがない。どうやったら、しゃべれるだろう。考えて考えて、鉄也はひらめいた。

そうだ、ピアノだ！

光香は五歳《さい》のときから、ピアノのレッスンを受《う》けている。学年でいちばんじょうずで、お楽しみ会の合唱《がっしょう》のときも、もちろん伴奏《ばんそう》をした。

一方、鉄也は楽器《がっき》なんて、音楽の授業《じゅぎょう》で習うリコーダーしかやったことがない。

もし、ピアノをはじめたら……。いろんな質問《しつもん》を光香《みつか》にできるのではないだろうか。指《ゆび》をなめらかに動《うご》かすにはどうしたらいいの、とか、この曲《きょく》がうまくひけないんだけど、コツを教えて、とか。

鉄也《てつや》はお母さんに、「ピアノを習いたい」と必死《ひっし》にたのんだ。もちろん、理由《りゆう》はないしょで。お母さんはびっくりしつつも、よろこんでくれた。

「楽器《がっき》をやるのはいいことね。じゃあ約束《やくそく》よ。せっかくピアノを買うんだから、どんなことがあっても、卒業《そつぎょう》まではつづけること」

「もちろん！」

力強く、鉄也は何度《なんど》もうなずいた。

習うことになった先生は、光香の先生とはべつの人だったが、それはかまわなかった。

初《はじ》めて習いに行った次《つぎ》の日、鉄也がつくえの上で、鍵盤《けんばん》をひくみたいに指《ゆび》を動《うご》かしていたら、

「わあ、ピアノやってるの？」

なんと、光香《みつか》から話しかけてくれたのだ！

ピアノについて、一日一度《ど》は光香としゃべるようになって、鉄也《てつや》は楽しくて楽しくて、毎日一時間は練習《れんしゅう》していた。このままずっと、楽しい日々がつづくと思っていたのに……。

今年の二月、光香は、東京《とうきょう》のおばあさんの家へ引《ひ》っ越《こ》してしまった。

東京には、ピアニストのたまごの通う学校があって、光香はそこをめざすために、有名《ゆうめい》な先生に習って、もっとけいこをするんだという。

はぁ……。光香と話すことができないんだったら、ピアノをやる意味《いみ》ってなんだろう。鉄也は考えこんでしまった。


レッスンは毎週火曜日だ。

バスで駅《えき》まで出て、商店街《しょうてんがい》をぬけて川べりの道を五分ほど歩くと、先生の家がある。

流《なが》れる水面《すいめん》を見ながら鉄也が歩いていると、

「おい、なんできのうは協力《きょうりょく》しなかった？」

という声が、背後《はいご》からひびいてきた。

鉄也《てつや》は、ハッとふりむいた。

そこには祐介《ゆうすけ》と、子分みたいにいつもくっついてる達明《たつあき》と周《しゅう》が立っていた。

この三人は、先週の組替《くみが》えで新しく同じ五年二組になった男子だ。鉄也と同じゲームをやってることがわかって、敵《てき》と戦《たたか》うために、いっしょにオンライン上で連盟《れんめい》を組むことになったのだった。でも、鉄也はピアノのために、あまりゲームができないので、きのうはみんなと同じ時間に参加《さんか》できなかった。

「ごめん、ピアノの練習《れんしゅう》があって。今日も、これからピアノ」

そう鉄也がいうと、祐介はフンと笑《わら》った。

「やめちまえよ。ピアノなんて、女みたい」

「え」

「あんなの、女がやる楽器《がっき》だよ」

前のクラスでは、ピアノを習いはじめたことをからかう男子はいなかった。でも、祐介は「ピアノ＝女子が習うもの」と思ってるみたいだった。たしかに、うちの学年

でピアノを習っている男子は、鉄也《てつや》しかいない。低学年《ていがくねん》のころは数人いたのだが、高学年になる前に、みんなやめてしまっていた。

「とにかく今日は、連盟《れんめい》に参加《さんか》しろよ」

祐介《ゆうすけ》がいうので、鉄也はうなずいた。

「わかった」

自分だって、ゲームをもっとやりたいんだ。どうすればピアノをやめられるだろう？　けど、お母さんがかんたんにゆるしてくれるわけはない。鉄也の頭のなかを、いろんな考えがくるくるまわる。

ピアノの先生の家が見えてきた。門のところに、植木鉢《うえきばち》がいくつもならんでいて、赤やむらさきの花をさかせている。

「いらっしゃい。ちゃんとおうちで、おけいこしてきたかしら」

高橋《たかはし》先生は六十歳《さい》で、かみの毛は真《ま》っ白《しろ》。やさしい女の人だ。体は細くて、冬になると川辺《かわべ》をうろうろしているアオサギという鳥に、ちょっぴりにている。

練習《れんしゅう》がおわると、先生はいった。

「〈作品《さくひん》18〉は、あと少しスピードを上げてひけるように、来週もやりましょう。で、つづけて次《つぎ》の課題曲《かだいきょく》、〈作品19〉もはじめようね」

もうイヤだ、と鉄也《てつや》は悲鳴《ひめい》をあげたくなって、思わず口走った。

「すいません、先生。できません」

「あら、どうして」

「だ、だって……うちのピアノ、こわれちゃったから！」

出まかせをいってしまう。

「まあ、ピアノが。どんなふうにこわれたの」

「え、えっと……鍵盤《けんばん》がこわれちゃって。たくさんの鍵盤が、下におりたまま、なんでかわかんないけど、上がらなくなっちゃって」

鍵盤は指《ゆび》でおすと下がり、指をはなすと上がる。それが、下がりっぱなしで上がらないから、音が出ないのだ、と鉄也はけんめいに説明《せつめい》した。

「あらまあ……なんてこと。めったに聞いたことのない故障《こしょう》だけど……きっと、湿気《しっけ》が多い部屋《へや》で、鍵盤の調子《ちょうし》がおかしくなったのね」

「そう！　そうなんです」

だまされてくれた！　と鉄也《てつや》はガッツポーズしたいのをガマンした。

「じゃあ、直るまでお休みね。調律師《ちょうりつし》さんが直してくれたら、またお教室いらっしゃいね」

「はい！」

やった。こんなにうまくいくなんて。あとは、お母さんにどう説明《せつめい》するか……。

帰ってからゆっくり考えよう。

鉄也は先生の家を出てから、思いきり走りだした。ゲームをやりまくる自分を想像《そうぞう》しながら、にぎやかな商店街《しょうてんがい》を通りすぎ、バスに乗《の》って家へ帰った。

げんかんのドアをあけて、

「ただいまー」

といった瞬間《しゅんかん》だった。ドスドスと足音をたてて、お母さんが出てきた。

「鉄也！　どういうこと！」

料理《りょうり》のとちゅうだったのか、左手にキャベツを持《も》ったままだ。

「え……なにが?」

「今、高橋《たかはし》先生からお電話あったばっかり。うちのピアノがこわれたとか、意味《いみ》わからないことをいったらしいじゃないの」

「あ……」

先生がお母さんに確認《かくにん》の電話をする。考えてみたら、十分ありうることだった。あせっていて、そこまで気がまわらなかった。

「なんで先生をだますの。どうして、そんなうそをつくの!」

いいのがれをしなくては。鉄也《てつや》は、算数のテストのときの十倍《ばい》くらい、頭をフル回《かい》転《てん》させた。

「だ、だって、今日はエイプリルフールだよね?」

「え」

お母さんが、ぽかんと口をあけた。

「だから、先生にじょうだんをいったんだよ。エイプリルフールって、うそをいってもいいんだよね?」

急《きゅう》に、お母さんが笑顔《えがお》になった。

「もう、鉄也《てつや》ったら。エイプリルフールはね、四月一日《ついたち》なの。今日は四月十一日。にてるけど、十日ずれてるよ」

「あ……まちがえた」

鉄也は頭をぽりぽりとかくまねをしながら、ほうっと息《いき》をはいた。うまくいった。だませた。もちろん、エイプリルフールが本当は何日か、ちゃんと知っている。

「じゃあ、先生に電話して今からあやまっておくから、来週レッスン行ったら、鉄也もあやまるのよ。おどかしてごめんなさいって」

そうお説教《せっきょう》しながらも、お母さんは笑《わら》っている。

「ただいま」

うしろから入ってきたのは、お父さんだった。ちょうど仕事《しごと》から帰ってきたところだ。

「おかえりなさい。今ね、ちょっとおもしろいことがあったの。鉄也ったらね、日にちをまちがえてて――」

お母さんが、さっそくお父さんに話しはじめる。お父さんはネクタイをはずしながら、楽しそうに話を聞いている。

よかった、と鉄也《てつや》はほっとしていた。お父さんはおこるとこわいので、うまく言いわけができたあとで帰ってきてくれて、たすかった。

「お父さん、船はどのくらいできた？」

話を変《か》えようと思いついて、鉄也は質問《しつもん》した。お父さんは、造船所《ぞうせんじょ》で船を建設《けんせつ》する仕事《しごと》をしているのだ。今は、ほかの国から注文《ちゅうもん》を受《う》けて、巨大《きょだい》なタンカーを造《つく》っている。

「おう、だいぶできあがってきたぞ。完成《かんせい》したら、鉄也も見に来いよ」

「うん！」

一件落着《いっけんらくちゃく》。そう思いながら、くつをぬぎかけて、鉄也は気づいた。いや、ちがう。なにも解決《かいけつ》してなかった。ピアノをやめる方法《ほうほう》、新たに考えなくては。

次《つぎ》の日も、鉄也は学校で祐介《ゆうすけ》たちにおこられた。

「おまえ、きのうもゲームに参加《さんか》しなかったろ。おれらと連盟《れんめい》組むの、イヤなんだろ」

「そんなことないって」

「ピアノやってたのかよ」

「うん、まあ」

結局《けっきょく》、きのうは、いつもどおり練習《れんしゅう》しなくてはならなかったのだ。

「じゃあ、おまえはもう連盟からはずそうかな」

「いや、待《ま》ってよ。ピアノやめるつもりだし」

鉄也《てつや》がいうと、祐介《ゆうすけ》は手をたたいてよろこんだ。

「だよな！　ピアノなんてやめちまえ。で、もっともっとゲームやろうぜ。次《つぎ》のステージって、おれらの学年でクリアしたやつ、まだいないらしいから一番乗《いちばんの》りしようよ」

「うん」

強くさそわれすぎると、ゲームがあまり楽しいものに思えなくなってくる。でも、佑介たちから仲間《なかま》はずれにされるのはこまる。

ピアノをやめる方法《ほうほう》、やめる方法……。鉄也《てつや》は算数の授業中《じゅぎょうちゅう》も、社会の授業中も、ずっとずっと考えつづけた。

そして思いついた。よし、今度《こんど》は〝ぎゃく〟のことをためしてみよう。先生にいうのではなく、お母さんにいってみるのだ。

家に帰った鉄也はどきどきしながら、作戦《さくせん》を決行《けっこう》した。バンと勢《いきお》いよくげんかんのドアをあけて、くつをぬぎすて、ろうかを走って居間《いま》へかけこんだ。

「おかえり。どうしたの、そんなあわてて」

お母さんはスーパーから帰ってきたばかりらしく、ビニール袋《ぶくろ》からニンジンや鶏肉《とりにく》をとりだして、冷蔵庫《れいぞうこ》にしまっている。

「ピアノの先生が！　大変《たいへん》なんだって！」

「え、高橋《たかはし》先生、どうかしたの？」

「骨折《こっせつ》して、入院《にゅういん》したらしい。クラスの女子がいってたんだ」

おどろきすぎて、お母さんは冷蔵庫のとびらをしめるのを忘《わす》れてしまっている。

「まあ、どこの骨《ほね》を」

えーと、どこにしよう……。とっさに鉄也《てつや》は答えた。

「足だって。家でころんだんだって」

「それは、おきのどくに」

「先生、今ひとりぐらしだから、入院《にゅういん》してだれもいないから、家に電話してもムダらしいよ」

ここは、鉄也が思いついた重要《じゅうよう》なポイントだ。たしかめるために電話されてしまうと、先生がぶじだとすぐにバレてしまう。だから、連絡《れんらく》しないように、先手《せんて》をうっておいた。

これで、うそは当分ばれないはず。鉄也は安心《あんしん》して、二階《かい》にある自分の部屋《へや》へランドセルを置《お》きに行った。レッスンを受《う》けられないんだから、しばらくピアノは休むとお母さんにいおう。そうしたら、今夜はゲームがたっぷりできそうだ。というか、今からやっちゃおう。

鉄也はゲームをはじめて、連盟《れんめい》に参加《さんか》した。祐介《ゆうすけ》がちょうどやっていて、「おう、鉄也来たか！」とよろこんで、メッセージをくれた。

ゲームにむちゅうになっているうち、いつの間にか日がくれかかっている。

「ちょっと！　鉄也《てつや》、おりてきなさい！」

お母さんのどなり声が、階段《かいだん》の下から聞こえてきた。

イヤな予感《よかん》がする。鉄也はいそいで居間《いま》へ行った。

「どうしたの？」

なにげないふりをしたけれど、お母さんはほっぺたを赤くしておこっていた。

「鉄也、さっきのうそはなんなの？」

「え、なに」

「今、立花《たちばな》さんちに連絡《れんらく》したの。高橋《たかはし》先生になにかお見舞《みま》い、ごいっしょしようと思って。そしたらお子さん、今日、ピアノのレッスン、ふつうに受《う》けて帰ってきたっておっしゃるじゃないの！」

しまった。立花悦子《えつこ》は、幼稚園《ようちえん》のときの同級生《どうきゅうせい》で、同じピアノ教室に通っている。べつの小学校に行ったけど、お母さんどうし、今でも仲《なか》がいいのだった。そのルートでバレてしまうとは、考えつかなかった。

「今日はエイプリルフールじゃないわよ！　どうして、そんなうそつくの！」

「えっと……」

鉄也《てつや》は全力《ぜんりょく》で頭をぐるぐるぐるぐる動《うご》かして、口をひらいた。

「まちがえた！　たぶん、べつの高橋《たかはし》先生のうわさを聞いたんだ」

「べつの高橋先生？」

「『高橋先生が骨折《こっせつ》した』っていった子は、習字を習ってるんだ。その先生が高橋って名前だったのを、おれ、自分の先生かとまちがえちゃって」

苦《くる》しいか？　こんな言いわけ、ムリか？　鉄也は、手のひらに汗《あせ》がうかんできたことに気づいた。しかし、お母さんの顔は、ふっとやわらかくなって、笑《え》みがうかんだ。

「ああ、そういうことね！　よかったー。まあ、そんなかんちがいなら、よくあるよね」

「あ、う、うん」

「よかった。いや、よかった、っていうと、その習字の先生には申《もう》しわけないけど。とにかくピアノの先生はね、お年を召《め》されてるから、おけがなさったら大変《たいへん》だもの」

お母さんは、鍋《なべ》をとりだして料理《りょうり》をはじめた。

ほう……よかった。そう思うと同時に、また鉄也《てつや》はうめき声をあげたくなった。

いったいどうしたら、ピアノをやめられるんだ！　今度の火曜日までには、絶対《ぜったい》考えなくては。


レッスン当日。また、川べりで祐介《ゆうすけ》が待《ま》ちかまえていた。

「おまえ、きのう、敵《てき》がおそいかかってきたとこで、なんで急《きゅう》にいなくなったんだよ。バカ！」

お母さんに、「ゲームはやめて、ピアノを今すぐやりなさい」とおこられたせいだ。

「まだピアノやってんのかよ。やめちまえよ」

「わかってるって」

だれよりも今、ピアノをやめたいのは自分だ。そう思いながら鉄也は、高橋《たかはし》先生の家へとぼとぼと入っていった。

「あら、元気ないわね」

先生が心配《しんぱい》そうに声をかけてくれたとき、鉄也《てつや》は、とっさにひらめいた。

「じつは、うちのお父さんの会社で事故《じこ》があって、会社がヤバいかもしれなくて、えっとそれで、ピアノどころじゃないって、お母さんが」

「まあ、そうなの？」

先生は両手《りょうて》を胸《むね》にあてて、泣《な》きそうな顔をしている。ごめん先生、と心のなかであやまりながら、鉄也はつづけた。

「それで、しばらくピアノは休みたいんです」

「もちろんよ。家のことがいちばん大事《だいじ》。おちついたら、またいらっしゃい」

「で、このこと、だれにもいわないでほしいんです」

「だれにも？」

「うちの親は、すんごく落《お》ちこんでるし、まわりの人にも、できるだけ知られたくないって」

「ああ、もちろんよ。ほかの方に口外《こうがい》したりしないから、安心《あんしん》して。お宅《たく》にも電話はしませんから」

はーっ、やった。ついにやりきった。鉄也《てつや》は、レッスンせずにそのまま先生の家を出てから、高くジャンプした。これで、ぶじにピアノをやめられそうだ。

帰り道、川べりには、もう祐介《ゆうすけ》たちはいなかった。駅前《えきまえ》の商店街《しょうてんがい》まで来ると、いつになくにぎやかだ。なにか音楽が聞こえる。

「あれ、なんだろ」

ギターとベースとキーボード。大学生くらいの男の人たち三人組が、演奏《えんそう》しながら歌っている。それがとても上手《じょうず》で、みんながぐるっとかこんで聞いているのだった。

「カッコいい……」

鉄也がくぎづけになったのは、キーボードの人だ。鍵盤《けんばん》の上を、指《ゆび》が自在《じざい》に動《うご》きまわる。鉄也のすぐ前にいた女の人が、となりの友だちらしき人にささやいている。

「あのカレ、ピアノやってたのかしら。男性《だんせい》でピアノできるってステキよね」

そうか、そうだったのか！　鉄也は初《はじ》めて知った。

小学生のとき、ピアノを習ってる男子は少なくて、ちょっぴりカッコわるいと思われることもある。けれど、がんばってつづけて、おとなになると、それはカッコいいものに変《か》わるんだ！　だったら、今ゲームをやる時間がへっても、それでピアノをやめるのは、もったいないんじゃないか？

そうだ、いつかあの男の人みたいに、自分もバンドを組んでキーボードを演奏《えんそう》したらどうだろう。バンドが有名《ゆうめい》になったら、光香《みつか》が気づいてくれる。そのころ、きっと光香は日本を代表《だいひょう》するピアニストになっていて、ふたりでピアノの話がまたいっぱいできるのではないか!?

よし、がんばろう。うまくなるために、練習《れんしゅう》時間をふやそう。佑介《ゆうすけ》たちに仲間《なかま》はずれにされたっていいじゃないか。将来《しょうらい》、いいことがあるんだから。

演奏を最後《さいご》まで聞きおえてから家に帰った鉄也《てつや》は、先に洗面所《せんめんじょ》で手を洗《あら》って居間《いま》へ入っていった。すぐにピアノの練習をはじめるつもりだ。

「ただいま」

しかし、返事《へんじ》はなかった。お母さんは電話の最中《さいちゅう》だった。お茶の入った湯《ゆ》のみを持《も》ったまま、とても深刻《しんこく》そうな顔をしている。

やがて受話器《じゅわき》を置《お》いたお母さんは、いそいでパソコンのスイッチを入れた。

「どうしたの？」

鉄也《てつや》の問《と》いかけにお母さんが答える前に、パソコンの画面上《がめんじょう》で動画《どうが》ニュースが流《なが》れはじめた。

「あ……」

火事《かじ》で、タンカーの一部《いちぶ》が燃《も》えあがっている。お父さんの造船所《ぞうせんじょ》の名前を、アナウンサーが読みあげていた。

「お父さんの会社で事故《じこ》があってね。これから大変《たいへん》かも」

「え？　大変って……？」

お母さんは歩きだし、あっ、ところびかけた。持《も》っていた湯《ゆ》のみからお茶がバシャッと飛《と》び散《ち》って、ピアノが水びたしになった。なのに、お母さんはうわの空で、

「あら、ごめんなさい。あとでふくわね。ごはんつくらなきゃ」

といって、そのまま台所《だいどころ》にもどっていく。

「ちょっと！　ピアノは、ぬれるとよくないんだよ。ふかないと」

あわててピアノのふたをあけた鉄也は、目を見ひらいた。鍵盤《けんばん》がすべて、指《ゆび》でおし

た状態《じょうたい》と同じように下がったままになっている。こわれてしまったのだ。

「な、なんで……」

お茶がかかったって、鍵盤《けんばん》が下がりっぱなしになることはないはずだ。そもそも、お茶の量《りょう》だって、そう多くはなかった。なのに、なぜ？

「お母さん、調律師《ちょうりつし》の人に電話して。あした、すぐ直してほしいって」

鉄也《てつや》がたのむと、お母さんはエプロンで手をふきながら、台所《だいどころ》から顔を出した。

「鉄也、おねがいがあるの」

「ん？」

「ピアノをしばらく、お休みしてもらえないかしら。なんなら、やめてもいいの」

「え、なんで、そんな――」

「本当は、あきてたんでしょ？　だから、やめるのは鉄也にとっても好都合《こうつごう》でしょ？」

「いや、えっと、でも」

「お父さんの会社は、きっと夏のボーナスが出なくなる。そうすると、やりくりが大《たい》変《へん》なの。お給料《きゅうりょう》もへるかも。だから、うん、節約《せつやく》節約。ピアノどころじゃないの」

「え……でも」

ピアノをつづけるって、決《き》めたところだったのに。鉄《てつ》也《や》は、鍵盤《けんばん》についている水滴《すいてき》をいっしょうけんめいティッシュでふきとった。けれど、鍵盤は下がったまま、どうしても動《うご》かなかった。

次《つぎ》の日、学校から帰って、鉄也は高橋《たかはし》先生の家へ向《む》かった。レッスンはないけれど、話をしたくて。お金がなくても、ピアノをつづけることができるか、相談《そうだん》したくて。

川沿《かわぞ》いの道を通って家のそばまで行くと、赤いランプがぐるぐるまわっている。

救急車《きゅうきゅうしゃ》だ！

近所《きんじょ》の人たちが、門のなかを見つめながら、心配《しんぱい》そうに会話している。

「家のなかでころんだんですって」

「まあ、痛《いた》そう」

ま、まさか……。自分が前についたうそ、全部《ぜんぶ》、現実《げんじつ》になってる？

鉄也は、つばをごくっと飲《の》んだ。

先生の細い体が、たんかで運《はこ》ばれてくる。救急隊員《きゅうきゅうたいいん》がはげます。

「高橋《たかはし》さん、だいじょうぶですよ。左足首《ひだりあしくび》、骨折《こっせつ》してますけど、すぐ痛《いた》みをとりますから」

目をとじたまま、高橋先生は顔をしかめてうなずく。鉄也《てつや》の前を通って、救急車《きゅうきゅうしゃ》に乗《の》せられようとしている。

「先生！」

鉄也が呼《よ》びかけた瞬間《しゅんかん》だった。高橋先生が目をあけた。そして、弱々しく答える。

「鉄也くん、あなたがピアノをやめたがってること、わたしは知ってたのよ」

そのまま先生は、車へ運びこまれた。

赤いサイレンが遠ざかっていく。救急車を見送《みおく》りながら、鉄也はどなった。

「ちがうんだ、先生。おれ、生まれ変《か》わったんだ。ピアノやりたいよーっ。つづけたいんだよーっ」

救急車は角をまがって、消《き》えてしまった。

◆作者《さくしゃ》より

この作品《さくひん》の原案《げんあん》は、「警官《けいかん》と讃美歌《さんびか》」という短編《たんぺん》です。家も仕事《しごと》も持《も》たない主人公《しゅじんこう》の男性《だんせい》は、刑務所《けいむしょ》のなかで冬をすごしたほうが楽だと思いつきます。そこで、お金もないのにレストランへ入ったり、ものをぬすんだりして、なんとか逮捕《たいほ》されようと必死《ひっし》に〝努力《どりょく》〟します。けれど、なぜかうまくいかない……。

そんなとき、美《うつく》しい讃美歌《さんびか》のメロディーが聞こえてきます。主人公は感動《かんどう》して、もう刑務所に入ろうなどと考えずにがんばろうとちかいました。しかし、まさにその瞬間《しゅんかん》、警官に逮捕されてしまうのでした。皮肉《ひにく》な物語《ものがたり》です。

書いたのは、O《オー》・ヘンリーというアメリカ人の作家で、短編小説《しょうせつ》の名手《めいしゅ》と呼《よ》ばれています。大どんでん返《がえ》しのあるおもしろい作品が多数あり、わたしの大好《だいす》きな作家です。「最後《さいご》の一葉《ひとは》」「賢者《けんじゃ》の贈《おく》り物《もの》」といった作品も、よく知られていますよ。興味《きょうみ》を持った人は、ぜひ本を読んでみてくださいね。

第《だい》三の子ども

阿《あ》刀《とう》田《だ》 高《たかし》

とても不思議《ふしぎ》な一日だった。

春休みの朝、アキコは急《きゅう》に思い立って、

――行ってみよう――

二年前に亡《な》くなった母の故郷《こきょう》、西方市《にしかたし》をたずねた。前から考えていたことではあったけれど、突然《とつぜん》、実行《じっこう》する気になったのは、なぜだったのか。

東京《とうきょう》から電車を乗《の》りかえて一時間と少し。アキコ自身《じしん》も子どものころ、正確《せいかく》には小学一年の入学から二年の二学期《がっき》まで、この町でくらしたはずだが、覚《おぼ》えていることは少ない。十五年がたって駅前通《えきまえどお》りなど、ようすの変《か》わったところもあったが、路地《ろじ》へはいると、むかしのおもかげを残《のこ》していた。

一枚《まい》の地図をたよりに、まず小学校をたずねた。職員《しょくいん》に母を知る人がいて、

「どうぞ、どうぞ」

「すみません。ちょっと見せてほしくて……。いいですか」

「お母さんによく似《に》ていらっしゃる」

「そうですか」

「早死《はやじ》にをされちゃって……。残念《ざんねん》ですわね」

「ええ」

「どこを案内《あんない》しましょうか？」

「のぞくだけでいいんです。講堂《こうどう》と、それから図書室」

「はい、はい」

先に立っていく。

春休みのさなかなので、生徒《せいと》の姿《すがた》はない。それでも小学校には小学校のにおいがあって、わけもなくなつかしい。

「覚《おぼ》えてますよね」

「はい」

雨天運動場《うてんうんどうじょう》をかねた講堂は、午後の日ざしを窓《まど》にうけて、四角いもようを床《ゆか》に散《ち》らしていた。

――ここだったわ――

奥《おく》まったところが少し高い壇《だん》になっていて、そこが催《もよお》しものの舞台《ぶたい》だった。見つめていると、耳の奥《おく》から声が聞こえてくる。「神《かみ》さまの子どもを生みます。さあ、火をつけてください」と……。

これが、アキコのつぶやいたせりふだった。二年生の学芸会《がくげいかい》だった。

あのとき……たしか舞台《ぶたい》のまん中に小さな小屋《こや》がつくられていて、アキコがその中に入ると、とびらがしまる。バラバラと人が集《あつ》まってきて、たいまつの火が、綿《わた》でつくった赤い火が、かけられてパチパチと音が鳴り、舞台のまん中が赤く染《そ》まる。

アキコは小屋の中にかくれていたから、燃《も》える火を見てはいない。頭の中で想像《そうぞう》したこと。でも、それだけに、ぎゃくにイメージが絵となって残《のこ》っている。

火の中から三人の子が生まれた。

あのときはよく知らなかったけれど、あとで知ったことでは、

——とても有名《ゆうめい》なお話——

日本神話《にほんしんわ》の中でとりわけよく知られた物語《ものがたり》で、『古事記《こじき》』という古い本にくわしく書いてある。それは……。

神さまの名前はニニギノミコト、アキコが演《えん》じたのはコノハナサクヤヒメ。これも

あとで知ったことだが、コノハナサクヤヒメとは「木《こ》の花咲《はなさ》くや姫《ひめ》」であり、

――とってもきれいな名前――

その名のとおり美《うつく》しく、神《かみ》さまに愛《あい》されて、火の中から子どもを誕生《たんじょう》させたのだった。火ははじめ、ボウッとほのおを出して燃《も》え、そこからあらわれたのがホデリノミコト。次《つぎ》に、ほのおがすばやく、すせる（うごめく）ように走り、そこから生まれたのがホスセリノミコト。最後《さいご》に、ほのおが細くなり、火が消《き》えおわるとともに誕生したのがホオリノミコト。名前がみんな生まれたときのようすを古い言葉《ことば》で伝《つた》えているらしい。父となったニニギノミコトは、「よい子に恵《めぐ》まれた」と、とても喜《よろこ》んで、ホデリノミコトにはウミサチヒコという名をあたえ、

「海を治《おさ》めなさい」

と命《めい》じた。ホオリノミコトにはヤマサチヒコという名をあたえ、

「山を治めなさい」

と命じた。

学芸会《がくげいかい》では、たしか海彦《うみひこ》、山彦《やまひこ》と呼《よ》ばれていたはずだ。

このあとのことは母が話してくれ、アキコも本で読んだと思う。山を治《おさ》めることになった山彦《やまひこ》は、

「いつも山ばかりじゃ退屈《たいくつ》だな」

と考え、兄の海彦《うみひこ》に、

「たまには仕事《しごと》を交換《こうかん》しようよ」

と、たのみこみ、兄の釣《つ》り道具《どうぐ》を借《か》りて海へ出たが、魚は一ぴきもとれず、それどころか釣《つ》り針《ばり》を失《うしな》ってしまう。兄の海彦は怒《おこ》って、

「あれは大切《たいせつ》な釣り針なんだ。どうでもさがしてこい」

ほかの釣り針ではゆるしてもらえず、山彦は泣《な》く泣く海の底《そこ》まで、なくした針をさがしに行く。

「浦島太郎《うらしまたろう》のお話とおんなじね。竜宮城《りゅうぐうじょう》のようなところで大歓迎《だいかんげい》を受《う》けるのよ」

と、これは母の声が聞こえてくる。

母はお話の好《す》きな人だった。というより体が弱く、自分の命《いのち》の短《みじか》いことを知っていたのかもしれない。アキコにおもしろいお話をたくさん聞かせてくれたし、よい本を

いくつも読んでくれた。すてきな本を何冊《なんさつ》もすすめてくれた。だから母の思い出は、いつもお話とつながっている。

「つぎ、どこへ」

と、案内《あんない》の職員《しょくいん》にうながされ、

「あの、図書室を少し」

と答え、廊下《ろうか》を二つまがった。あらかじめ考えてきたことだった。幼《おさな》いころの自分の声を耳の奥《おく》で聞き、母の声を聞きながら足を速《はや》めた。

「あいてるわ。だれもいないけど」

「すみません」

生徒《せいと》はひとりもいない。カウンターの中に係《かかり》の人が……五十歳《さい》くらいの女の人がいるだけ。その人にあいさつをしてから、本だなをながめるうちに、ここでも、

――学芸会《がくげいかい》のすぐあとだったわ――

と、むかしのことを思い出した。あのとき、ふと図書室をのぞいたのだった。海彦《うみひこ》・山彦《やまひこ》のお話について、なにか知りたいとさがしていたのかもしれない。図書室には若《わか》

い司書《ししょ》さんがいて、アキコを見ると近づいてきて、

「劇《げき》、じょうずだったわよ」

という。学芸会《がくげいかい》を見ていたらしい。

「はい」

「でも、へんだわよねえ」

けなされたのかと思った。

「声が出なくて」

「ううん。はっきり聞こえたわよ。神《かみ》さまの子を生むんだって。すごいわね」

「はい」

「でも、少しへんだわね」

と、大げさに首をかしげてから、

「だって、神さまの子を三人生んだんでしょ、火の中から」

「はい」

「ひとりが海彦《うみひこ》、ひとりが山彦《やまひこ》。あとひとりはどうなったの？」

「…………」

アキコはとても答えられない。石のようにだまっていただろう。

「ねえ？」

といいかけ、あのときの話はここで終《お》わったのではなかったか。若《わか》い司書《ししょ》さんはだれかに声をかけられ、入り口のほうへ去《さ》っていった……。

いわれてみれば、少しヘンテコ。でも、あのときは深《ふか》くは考えなかった。だから忘《わす》れていた。

でも、ずっとあとになって、母が子ども向《む》けの『古事記《こじき》』を読んでくれたときのこと……。

「ねえ、お母さん」

アキコは本を手にしている母にたずねたはずだ。日だまりの廊下《ろうか》、母とならんで腰《こし》をおろし、足を投《な》げだし……風景《ふうけい》まで心に残《のこ》っている。

「なーに」

「少しへんよね」

「なにが？」

「コノハナサクヤヒメは三人、子どもを生んだんでしょ。ひとりは海彦《うみひこ》になり、もうひとりは山彦《やまひこ》になり、あとひとりはどうなったの？　どこにも書いてないの？」

母は少し笑《わら》い、それから真顔《まがお》になって、

「気がついたのね」

「ええ」

少しためらってから、

「いつか話してあげる」

「いま、だめなの？」

「怖《こわ》いお話だし、きょうは、ちょっとご用があるから」

たしかに、母にはなにか外出の用事《ようじ》があるふうだったが、話してくれなかったのは、それだけの理由《りゆう》ではなかったのかもしれない。そして、

「遺伝《いでん》て、知ってる？」

外出のしたくをしながらたずねた。

「知ってるわ」

「お母さんと顔がよく似《に》ているとか」

「うん。それ、よくいわれる。背《せ》が高いのも髪《かみ》が濃《こ》いのも、みんな遺伝《いでん》だって」

「そうね。でも、お母さんやお父さんからもらうだけじゃなく……そうね、もっと古く、おじいさんやおばあさん……それよりもっとむかしの、先祖《せんぞ》の特徴《とくちょう》が急《きゅう》にあらわれたりして、とても不思議《ふしぎ》なものらしいのね」

「遺伝子《いでんし》があるんでしょ」

よくわからないが、言葉《ことば》だけは聞いて知っていた。

「あら、よく知ってるわね」

「ううん、よくは知らない」

「そういうものが人間の体の中にあって、親から子へ、子から孫《まご》へ、ずーっと伝《つた》わっていくのね」

「うん」

「百年も、二百年も前のご先祖の遺伝子が、アキコの中にも伝わっているかもしれないのよ」

「すごーい」

「ほんと。人間て、すごいわね。でも、顔とか、体つきとか、性質《せいしつ》とか、そういうものだけが遺伝《いでん》するんじゃなく、むかしの人の記憶《きおく》も遺伝するかもしれないの。記憶、知ってるわね」

「頭の中で覚《おぼ》えていることでしょ」

「そう。むかしのご先祖《せんぞ》さまが記憶していたことが遺伝子《いでんし》の中に組みこまれて、ある日、急《きゅう》にアキコの頭の中にあらわれたりするのね、自分の記憶として」

「ふーん」

どこまで母の言葉《ことば》が理解《りかい》できたことか、それに……このことと、コノハナサクヤヒメが生んだ三人めの子とがかかわっているなんて、少しも考えなかった。母はなにかしら信《しん》じていたにちがいない。

年月が流《なが》れた。

母は病気《びょうき》がちで、アキコがまくらもとで世話《せわ》をすることが多くなった。

――あれは、秋――

三年前の秋……。だから、死《し》ぬ一年ほど前のこと。庭《にわ》のもみじが赤い火のように燃《も》えていた。母は気分のよいときには、ひどく明るくなる。せいいっぱい命《いのち》を活動《かつどう》させていたのかもしれない。あるいは、燃えたつもみじが、なにかを連想《れんそう》させたのかもしれない。

ベッドの中からうれしそうに、

「あれ、闇彦《やみひこ》っていうのよ」

突然《とつぜん》、いいだした。アキコがおどろいて、

「なによ」

とたずねれば、

「ほら、三人めの子ども」

近所《きんじょ》の知人のことのようにいう。アキコも、すぐにはわからなかった。でも、思い出して、

「ああ、なにかと思ったら神話《しんわ》ね。海彦《うみひこ》と山彦《やまひこ》と、それから……」

「闇彦《やみひこ》。くらやみの闇よ」

「ええ……」

母はせきこみ、息《いき》をととのえていたが、

「闇を治《おさ》めるよう命《めい》じられたの。でも、治めるのがまっくらやみの世界《せかい》だから、まわりの人はよくわからないの。だから、お話が残《のこ》っていないのよ」

「ええ……」

「コノハナサクヤヒメ、知ってるわね」

「もちろん」

「コノハナサクヤヒメのお姉さんに、イワナガヒメがいたの」

「ええ」

これは、日本神話《にほんしんわ》の海彦・山彦のあたりを読めば出てくる名前だ。

「闇彦はこの人にあずけられ、育《そだ》てられたのね」

「ええ」

母はしばらく目をとじていた。

「西方市《にしかたし》、知ってるわね」

「お母さんの生まれたところでしょ」

「あなたが小学校へ入ったところよ」

学芸会《がくげいかい》に出演《しゅつえん》したところでもある。

「ええ」

「市役所《しやくしょ》の裏《うら》に、〈ノワール〉ってコーヒー店があるの。せまい路地《ろじ》の奥《おく》だけど、店の中に本だながあって、たくさん本がならんでいて、二階《かい》の部屋《へや》では静《しず》かに本が読めるの。地図をかくから、いつか行ってみて」

「いいわよ」

母には、なにか思い出があるのだろう。

「二階のたなの右がわに、オレンジ色の薄《うす》い本がさしてあるわ。それを読めば、わかるわ、闇彦《やみひこ》のこと」

「へえー。いままでもあるかしら」

「行ってみて」

「いいわよ」

そこへ行き、その本をさがしあてて読めば、闇彦《やみひこ》のことがわかるにちがいない。しかしアキコは、母が病気《びょうき》で弱ってしまい、遠い日のことをポツンとつぶやいたのかな、と思い、母がそのままおしだまってしまうと、それ以上《いじょう》たずねることもせず、心にもとめなかった。

それを思い出したのは、母の死《し》の少し前……。

「いちばん下の引き出しに、地図があるわ」

ベッドのわきに置《お》かれた小だんすを目でしめす。

「なんの地図？」

「ほら、いつか話したでしょ。西方《にしかた》の、コーヒー店、〈ノワール〉よ」

「ああ、闇彦《やみひこ》のお話がのっている本があるのね」

「そうよ。行ってみて」

今度《こんど》は心に残《のこ》った。

しかし母が死《し》んでしまうと、アキコもなにかといそがしかったし、

――わざわざたずねてみることかしら――

とまどっていたのである。

ただ、母に先立たれ、さびしさを感《かん》ずるたびに、

――あれ、なんだったのかしら――

母の言葉《ことば》を思い出し、ゆっくりと考えるようになった。闇彦《やみひこ》のこと、遺伝《いでん》のこと、〈ノワール〉にあるオレンジ色の本のこと……。それを話したときの母の真剣《しんけん》な表情《ひょうじょう》を思いうかべ、

「みんな、つながっていることなのかもしれないわ」

西方市《にしかたし》まで足を運《はこ》んでみる気になったのである。


小学校を出て山に向《む》かい、大きな寺を見つけた。西方《にしかた》は、山ぞいに寺が多く建《た》つ町だ。

「ここね」

地図の左にかいてあるのは、この寺だろう。

寺は満開《まんかい》の桜《さくら》につつまれていて、とても美《うつく》しい風景《ふうけい》だ。

「ちょっと寄《よ》り道《みち》をして」

と、寺の本堂《ほんどう》へ続《つづ》く階段《かいだん》をのぼった。階段のいちばん上にすわって眼下《がんか》の景色《けしき》をながめるうちに、

「こわい」

と思ったのは、なぜだったのかしら。一面《いちめん》がほの白《じろ》く広がって、なんだかこの世《よ》の風《ふう》景《けい》ではないみたい。

「行こう」

と、腰《こし》をあげ、しばらくは寺の境内《けいだい》をながめ歩いた。寺には裏手《うらて》にも階段がある。そこをおりて道をさがした。

本当に、とても不思議《ふしぎ》な一日だった。

地図をたよりに〈ノワール〉をさがしたが、なかなか見つからない。日も落《お》ちて、街《まち》もしだいに暗《くら》くなる。一本か、二本、まがる角をまちがえたのかもしれない。ス

タートしたときの寺が、そもそもちがっていたのかもしれない。

「お母さんの地図がまちがっているのかな」

むかしの記憶《きおく》をたよりにかいたのだから、その可能性《かのうせい》もあるだろう。〈ノワール〉そのものがなくなっているのかもしれない。

さんざん迷《まよ》ったあげく駅《えき》の裏口《うらぐち》に出て、

「もう帰ろう」

疲《つか》れたし、夜になっていた。あきらめて電車に乗《の》りこみ……少し眠《ねむ》ったのかしら。

「だめよ」

つぶやいて席《せき》を立ち、電車を乗りかえ、ふたたび西方《にしかた》へもどった。せっかくここまで来て、あきらめてしまうのは、もったいない。心が弱すぎる。

もどって、夜の街《まち》をさがすと、今度《こんど》は、

「あった」

ようやく〈ノワール〉を見つけた。

「こんばんは」

「はい」

奥《おく》から声だけが聞こえる。女の声……少し年とった人みたい。

「お二階《かい》、あるんですか」

「どうぞ」

ギイギイと音を鳴らして階段《かいだん》をあがった。

小さな部屋《へや》。壁《かべ》いっぱいに本がならんでいる。

「コーヒーをください」

それだけは注文《ちゅうもん》したと思う。飲《の》んだ覚《おぼ》えはないけれど……。

すぐに右手の本だなをさがした。

「ない」

その近くはもちろんのこと、すみからすみまで、たなの中の本をさがした。

「もうないんだわ」

しかたなく駅《えき》にもどった。

でも、あきらめるのはつらい。とても薄《うす》い本のような話だった。もう一度《ど》、〈ノワー

ル〉にもどった。

「こんばんは」

「どうぞ」

目をこらしてさがすと、

「あった」

燃《も》えるようなオレンジの表紙《ひょうし》。学校のノートより薄《うす》い一冊《さつ》。灰色《はいいろ》の紙にあらい印刷《いんさつ》
で、こまかい字がならんでいる。

夢中《むちゅう》になって目を走らせた。

「知っているわ」

はじめの二、三ページは……知っている。

ニニギノミコトがコノハナサクヤヒメに会って、

「わたしのお嫁《よめ》さんになってほしい」

と、たのんだのだ。

「父にいってください」

そこで、ニニギノミコトがヒメの父親のオオヤマツミに願《ねが》うと、

「わかりました」

ニニギノミコトの希望《きぼう》にこたえ、さらにもうひとり、姉娘《あねむすめ》のイワナガヒメもいっしょに送《おく》り入れた。

だが、ニニギノミコトはコノハナサクヤヒメだけを受《う》け入れる。オオヤマツミは悲《かな》しみ、なげいて、

「コノハナサクヤは木《こ》の花《はな》が咲《さ》くように美《うつく》しいけれど、長くは栄《さか》えません。イワナガは人のいのちを支配《しはい》し、岩《いわ》のように強く栄《さか》えます。それをお返《かえ》しになるなんて残念《ざんねん》です」

と、つぶやいたとか。

そして、このあとコノハナサクヤヒメが神《かみ》の子を三人生むのだ。海彦《うみひこ》と山彦《やまひこ》と……。

オレンジ色の本は、海彦と山彦にはほとんどふれず、

『残《のこ》されたひとりは、イワナガヒメにあずけられました。

「あなたは闇彦《やみひこ》と名のりなさい。そうして闇の国を治《おさ》めなさい」

「闇《やみ》の国ですか」

「そうです。くらい、くらい、死《し》の国です。人のいのちを治《おさ》めてください』

と続《つづ》いていく。

アキコは、

「ああ、そういうことだったのね」

と、うなずいた。山彦《やまひこ》が野山を治め、海彦《うみひこ》が海を治め、もうひとりは、それとはべつに死の国を治める。闇彦《やみひこ》についてほとんどなにも知られていないのは、それがくらやみのできごとだから……。

『ヤミヒコはたずねました。

「わたしはこの世《よ》でなにをすればよいのですか」

「死んだ人のこと、ほろびた国のこと、しっかりと記憶《きおく》して伝《つた》えるのです」

これが闇彦の役割《やくわり》となりました』

この世から消《き》えてしまったことを伝え残《のこ》す。いっしゅん、雷鳴《らいめい》のようにアキコの頭に、

「文学の誕生《たんじょう》かしら」

おとなびた考えがかすめた。

きっとそう。でも、それは楽しいこと、美《うつく》しいことばかりではない。むしろ死《し》とか、滅亡《めつぼう》とか、悲《かな》しく、つらいこととつながっている。苦《くる》しんで死んだ人がいただろう。恨《うら》みを残《のこ》して死んだ人もいただろう。ひとときは栄《さか》えたものの戦火《せんか》に焼《や》かれて、あとかたもなく消《き》えた町も国もあっただろう。オレンジ色の本は、とってつけたように、そんな話を……悲しい話や恐《おそ》ろしい話をならべたあとで、

『これを記憶《きおく》するのが闇彦《やみひこ》の血《ち》です。闇彦の血は子孫《しそん》に受《う》けつがれ、この本を読む人は闇彦の血を持《も》っているのです。突然《とつぜん》、むかしの記憶をよみがえらせるのです。遠いむかしの恨みや、怒《いか》りや、悲しみを……』

アキコは目をあけた。東京《とうきょう》へ帰る電車の席《せき》でゆれていた。

本当に、不思議《ふしぎ》な一日だった。

「どこからが夢《ゆめ》だったのかしら」

それもよくわからない。

「本当にオレンジ色の本を読んだのかしら」

読まなければ知るはずのない知識《ちしき》が、頭の中に残《のこ》っている。たとえば、闇彦《やみひこ》の正《しょう》体《たい》……。読んだから、わかったことだろう。

思い迷《まよ》ううちに、何日かがすぎ、

「お母さん、たくさんお話を知っていたわ」

知っているばかりか、いつも本当にあったことのように話してくれた。自分にあったことのように読んでくれた。

「お母さんこそ、オレンジ色の本を読み、闇彦の血《ち》を受《う》けついだ人だったのかもしれない」

体の中に、遠いむかしからずっと続《つづ》く血を宿《やど》して……。

ならば、それはアキコにも伝《つた》わっているのではないだろうか。そして、アキコも母に誘《さそ》われて、オレンジ色の本を読んだのではないのだろうか。

小さいときから、いろいろな夢《ゆめ》を見た。夢かどうか、疑《うたが》いたくなるほどはっきりとした夢《ゆめ》もあった……。それが自分に起《お》きたことのように、はっきりと……。自分の記《き》憶《おく》のように、はっきりと……。

きのうも見てしまった。

姉と妹が野の道を歩いている。手をつないで歩いている。姉はやさしい笑顔《えがお》で妹を見つめている。でも、妹の顔はゆがんでいる。

「楽しいわね」

と、姉がいっても、妹は、

「どうせ今だけでしょ」

と、にらんでいる。

急《きゅう》に空がくらくなり、激《はげ》しい雨が落《お》ち、雷鳴《らいめい》がとどろき、雷光《らいこう》がさす。

「助《たす》けて」

二人はちりぢりに逃《に》げだす。

姉は大木の下へ飛《と》びこむ。妹はそのまま気を失《うしな》った。

雨が小ぶりに変《か》わり、雷《かみなり》も遠のく。姉は気をとりもどしたが、妹の姿《すがた》がない。さ

がしまわり、

「こんなところに」

と、花の中に妹を見つけて助《たす》けおこしたが、妹はいやな目つきで、

「どうせ、わたしを見捨《みす》てるんでしょ」

むこうに川が流《なが》れている。水かさがどんどん増《ま》してくる。男たちがやってくる。二人のどちらかをねらって……。

大川に橋をかけねばならない。姉妹《しまい》のどちらかを人柱《ひとばしら》に立てなければいけない。だれかを犠牲《ぎせい》にして川の神《かみ》に祈《いの》り、神の救《すく》いを求《もと》めるのだ。姉はくじをごまかして、妹をその務《つと》めにあてた。

「ちがうわ」

さけんだとき、二人をかこむ大きな花が人の顔に変《か》わり、花のしんがくちびるに変わってケラケラと笑《わら》った。

アキコの記憶《きおく》はただごとではない。

「あの姉娘《あねむすめ》は、お母さんなのかしら」

姿《すがた》は似《に》ていたような気がする。妹は……わたしなのかしら。だれか先祖《せんぞ》のやったことが記憶《きおく》となり、血《ち》となってよみがえったのかもしれない。とても恐《おそ》ろしい。身《み》がふるえるほどなまなましい。目ざめて、

「もう一度《ど》、〈ノワール〉に行ってみようかしら」

オレンジ色の本をしっかりと読み返《かえ》さなければいけない。

闇彦《やみひこ》がなんなのか、知りたい。

「お母さんは、それをわたしに教えたかったのかしら」

人間たちの記憶が、だれかの血の中にずっとずっと伝《つた》わっていることを……。

◆作者《さくしゃ》より

『古事記《こじき》』は日本でいちばん古く、七一二年に作られた歴史物語《れきしものがたり》の本である。天武天皇《てんむてんのう》が命《めい》じ、稗田阿礼《ひえだのあれ》が語り、太安万侶《おおのやすまろ》がまとめた、とか。歴史《れきし》を含《ふく》んでいるが、物語、つまりフィクションと考えるべきところもたくさんある。上中下の三巻《かん》からなり、とりわけ上巻は神話《しんわ》であり、史実《しじつ》というより日本人の古代《こだい》への想像《そうぞう》を多く語っている。

たくさんの物語が含まれているが、上巻の後半、天の国から日本の国土にくだったニニギノミコトが美《うつく》しいコノハナサクヤヒメを妻《つま》とし、ヒメは火の中から三人の子をもうける。三人のうち二人は海彦《うみひこ》、山彦《やまひこ》となり、やがて天皇家《てんのうけ》の始《はじ》まりへとつながっていく。この物語はよく知られているが、残《のこ》りの一人はどうなったのか。『古事記』はなにも記してないが、それを闇彦《やみひこ》と名づけて勝手《かって》に想像をふくらませたのが、この「第《だい》三の子ども」だ。海彦が海を支配《しはい》し、山彦が山を（陸《りく》を）支配し、ならば残りの一人は死《し》の国、闇の国を支配したのではないか。滅《ほろ》びるものを語るのが文学の始《はじ》まりではなかったか、これがわたしの考えであり、この考えを現代《げんだい》の小説《しょうせつ》に創《つく》ってみた。

古典《こてん》への扉《とびら》

何度《なんど》も手《て》を洗《あら》うくせ

藤真知子《ふじまちこ》「マクベスの消《け》しゴム」のマクベスは、イギリスの劇作家《げきさっか》、シェイクスピアの四大悲劇《ひげき》の一つ「マクベス」(十七世紀《せいき》はじめの作品《さくひん》)の主人公《しゅじんこう》です。将軍《しょうぐん》のマクベスは、妻《つま》とたくらんで主君《しゅくん》を殺《ころ》し、自分が王になりますが、不安《ふあん》にさいなまれつづけます。

冬の夕暮《ゆうぐ》れ、「マクベスの消しゴム」のユカに声をかける魔女《まじょ》みたいなおばあさんも、おばあさんからもらった消しゴムを使《つか》うたびに手が真《ま》っ黒《くろ》になったような気がして、手を洗いつづけるユカのくせも、シェイクスピアの「マクベス」に描《えが》かれていることにつながっています。ユカの物語《ものがたり》が「マクベス」とどんなふうにかわっているのか、原作を読んで、たしかめてください。新潮文庫《しんちょうぶんこ》の『マクベス』(福田恆存訳《ふくだつねありやく》)などで読むことができます。十九世紀のはじめに、ラム姉弟《きょうだい》が戯曲《ぎきょく》を物語《ものがたり》に書きかえた『シェイクスピア物語』で読むのもいいでしょう。偕成社《かいせいしゃ》文庫(厨川圭子《くりやがわけいこ》訳)や岩波少年《いわなみしょうねん》文庫(矢川澄子《やがわすみこ》訳)などで翻訳《ほんやく》が刊行《かんこう》されています。

なんとかしてピアノのレッスンをやめたい――**吉野真理子《よしのまりこ》「さよならピアノ」**の鉄也《てつや》の

願《ねが》いは、なかなかかないません。悪《わる》い願いをねがっても、うまくかなわないという物語は、O《オー》・ヘンリーの短編《たんぺん》「警官《けいかん》と賛美歌《さんびか》」を引きついでいます。「警官と賛美歌」の主人公《しゅじんこう》、ソーピーは、何をねがったのでしょう。偕成社文庫《かいせいしゃぶんこ》の『最後《さいご》のひと葉《は》　オー＝ヘンリー傑作《けっさく》短編集』（大久保康雄訳《おおくぼやすおやく》）で読んでみてください。O《オー》・ヘンリーは、二十世紀《せいき》はじめのニューヨークを舞台《ぶたい》に、数多くの短編小説《しょうせつ》を書いた作家です。

『古事記《こじき》』に登場《とうじょう》するコノハナサクヤヒメは、三人の子を産《う》んだといいます。三人のうちのふたりは、海彦《うみひこ》、山彦《やまひこ》になったけれど、もうひとりは、どうしたのか……。**阿刀田高《あとうだたかし》**「**第三《だい》の子ども**」は、そこから考えられた物語《ものがたり》です。橋本治《はしもとおさむ》が現代《げんだい》のことばで著《あらわ》した『古事記』（講談社《こうだんしゃ》）などと読み合わせると、より深《ふか》く楽しめるはずです。

令丈《れいじょう》ヒロ子「**仙人《せんにん》さん**」の仙人さんが、木の杖《つえ》で、どんとコンクリートの床《ゆか》を突《つ》くと……、これは、『今昔物語集《こんじゃくものがたりしゅう》』に登場して、またたくまに瓜畑《うりばたけ》を出現《しゅつげん》させるおじいさんの話を思い出させます。杉本苑子《すぎもとそのこ》著《ちょ》『今昔物語集』（講談社）に「一文惜《いちもんお》しみの百両損《ひゃくりょうぞん》」の題《だい》で書かれていますから、読んでみてください。

（児童文学研究者《じどうぶんがくけんきゅうしゃ》　宮川健郎《みやかわたけお》）

作者

令丈ヒロ子

（れいじょう　ひろこ）

大阪府出身。著書に『あたしの、ボケのお姫様。』『パンプキン！　模擬原爆の夏』「若おかみは小学生！」シリーズ、「温泉アイドルは小学生！」シリーズなど。

藤　真知子

（ふじ　まちこ）

東京都出身。著書に「まじょ子」シリーズ（既刊58巻）、「わたしのママは魔女」シリーズ（全50巻）、「チビまじょチャミー」シリーズ（既刊８巻）など。「モットしゃちょうとモリバーバのもり」で台湾の小緑芽奨受賞。

吉野万理子

（よしの　まりこ）

神奈川県出身。『秋の大三角』で新潮エンターテインメント新人賞受賞。著書に『いい人ランキング』『劇団６年２組』『ひみつの校庭』『想い出あずかります』『時速47メートルの疾走』「虫ロボのぼうけん」シリーズ、「チーム」シリーズなど。

阿刀田　高

（あとうだ　たかし）

東京都出身。『来訪者』で日本推理作家協会賞、短編集『ナポレオン狂』で直木賞、『新トロイア物語』で吉川英治文学賞受賞。著書に『ギリシア神話を知っていますか』『旧約聖書を知っていますか』『楽しい古事記』『ものがたり風土記』『短編小説のレシピ』など。

画家

浅賀行雄

（あさか　ゆきお）

東京都出身。イラストレーター。『四畳半調理の拘泥』ほかで講談社出版文化賞さし絵賞受賞。作品に『擁壁の町』（新聞小説挿絵）、『さるかにがっせん』（絵本）、『芥川症』（装丁画）など。

装丁・本文デザイン　鷹觜《たかのはし》麻衣子
編集協力　宮田庸子

古典から生まれた新しい物語＊こわい話
第三の子ども

発　行　2017年3月　初版1刷
編　者　日本児童文学者協会
画　家　浅賀行雄
発行者　今村正樹
発行所　株式会社偕成社《かいせいしゃ》
〒162-8450　東京都新宿区市谷砂土原町3-5
TEL.03-3260-3221（販売部）　03-3260-3229（編集部）
http://www.kaiseisha.co.jp/
印　刷　三美印刷株式会社
小宮山印刷株式会社
製　本　株式会社 常川製本

NDC913　126p.　20cm　ISBN978-4-03-539640-6

乱丁本・落丁本はおとりかえいたします。
本のご注文は電話・FAXまたはEメールでお受けしています。
TEL : 03-3260-3221　Fax : 03-3260-3222
e-mail : sales@kaiseisha.co.jp